毛詩箋

十三經漢魏古注叢書

〔西漢〕毛　亨　傳
〔東漢〕鄭玄　箋
　　　　陳　才　整理

上冊

商務印書館
The Commercial Press

商务印书馆（上海）有限公司 出品
The Commercial Press (Shanghai) Co.Ltd

十三經漢魏古注叢書

總主編：朱傑人

執行主編：徐　淵　但　誠

叢書序

儒學的發生和發展，是與儒家經典的確認與被詮釋、被解讀相始終的。東漢和帝永元十四年（公元102年），司空徐防"以《五經》久遠，聖意難明，宜爲章句，以悟後學。上疏曰：'臣聞《詩》《書》《禮》《樂》，定自孔子，發明章句，始於子夏。其後諸家分析，各有異説。漢承亂秦，經典廢絶，本文略存，或無章句。收拾缺遺，建立明經，博徵儒術，開置太學。'"（〔南朝宋〕范曄撰，〔唐〕李賢等注：《後漢書》卷四十四《徐防傳》，北京：中華書局，1965年，第1500頁）於今而言，永元離孔聖時代未遠（孔子逝於公元前479年，至永元十四年，凡581年），然徐防已然謂"《五經》久遠，聖意難明"，而强調"章句"之學的重要性。所謂"章句"，即是對經典的訓釋。從徐防的奏疏看，東漢人既認同子夏是對儒家經典進行訓釋的"發明"者，也承認秦亂以後儒家的經典只有本文流傳了下來，而"章句"已經失傳。

西漢武帝即位不久，董仲舒上《天人三策》，確立了儒學作爲國家的主流意識形態。自此，對儒家經典的研究與注釋出現了百花齊放的局面，章句之學成爲一時之顯學。漢人講經，重師法和家法。皮錫瑞曰："前漢重師法，後漢重家法。先有師法，而後能成一家之言。師法者，溯其源；家法者，衍其流也。"（〔清〕皮錫瑞著，周予同注釋：《經學歷史》，北京：中華書局，2008年，第136頁）既溯其源，則兩漢經學，幾乎一出於子夏。即其"流"，大抵也流出不遠。漢章帝建初四年（公元79年），詔群儒會講白虎觀論《五經》異同，詔曰："蓋三代導人，教學爲本。漢承暴秦，褒顯儒術，建立《五經》，爲置博士。其後學者精進，雖曰承師，亦別名家。孝宣皇帝以爲去聖久遠，學不厭博，故遂立大、小夏侯《尚書》，後又立《京氏易》。至建武中，復置顏氏、嚴氏《春秋》，大、小戴《禮》博士。此皆所以扶進微學，尊廣道藝也。"（〔南朝宋〕范曄撰,〔唐〕李賢等注：《後漢書》卷三《肅宗孝章帝紀》，第137—138頁）漢章帝的詔書肯定了師法與家法在傳承儒家經典過程中不可或缺的作用，並認爲收羅和整理瀕臨失傳的師法、家法之遺存，可以"扶進微學，尊廣道藝"。

嚴正先生認爲兩漢經學家們"注重師法和家法是爲了證明自己學說的權威性，他們可以列出從孔子以至漢初經師的傳承譜系，這就表明自己的學說確實是孔子真傳"（姜廣輝主編：《中國經學思想史》第二卷，北京：中國社會科學出版社，2003年，第14頁）。這種風氣，客觀上爲兩漢時代經學的發展提供了一個可控而不至失範的學術環境，有利於經學的傳播和發展（當然，家法、師法的流弊是束縛了經學獲得新的生命力，那是問題的另一個方面）。漢代的這種學風，一直影響到魏、晉、唐。孔穎達奉旨修《五經正義》，馬嘉運"以穎達所撰《正義》頗多繁雜，每掎摭之，諸儒亦稱爲允當"（〔後晉〕劉昫等撰：《舊唐書》卷七十三《馬嘉運傳》，北京：中華書局，1975年，第2603頁）。所謂"頗多繁雜"，實即不謹師法。史載，孔穎達的《五經正義》編定以後，因受到馬嘉運等的批評並未立即頒行，而是"詔更令詳定"

〔〔後晉〕劉昫等撰:《舊唐書》卷七十三·《馬嘉運傳》,第2603頁)。直至高宗永徽四年(公元653年),才正式詔頒於天下,令每歲明經科以此考試。此時離孔穎達去世已五年之久。此可見初唐朝野對儒家經典訓釋的慎重和謹嚴。這種謹慎態度的背後,顯然是受到自漢以來經典解釋傳統的影響。

正因爲漢、魏至唐,儒家學者們對自己學術傳統的堅守和捍衛,給我們留下了一份彌足珍貴的遺産,那就是一系列關於儒家經典的訓釋。我們今天依然可以見到的如:《周易》王弼注,《詩經》毛亨傳、鄭玄箋,《尚書》僞孔安國傳,三《禮》鄭玄注,《春秋左傳》杜預注,《春秋公羊傳》何休解詁,《春秋穀梁傳》范甯集解,《論語》何晏集解,《孟子》趙岐章句,《爾雅》郭璞注,《孝經》孔安國傳、鄭玄注等。這些書,我們姑且把它們稱作"古注"。

惠棟作《九經古義序》曰:"漢人通經有家法,故有《五經》師。訓詁之學,皆師所口授,其後乃著竹帛。所以漢經師之説立於學官,與經並行。《五經》出於屋壁,多古字古音,非經師不能辯,經之義存乎訓,識字審音乃知其義,是故古訓不可改也,經師不可廢也。"(〔清〕惠棟:《九經古義》述首,王雲五編:《叢書集成初編》254—255,上海:商務印書館,1937年,第1頁)惠氏之説,點出了不能廢"古注"的根本原因,可謂中肯。

對儒家經典的解讀,到了宋代發生一個巨大的變化:"訓詁之學"被冷落,"義理之學"代之而起。由此又導出漢學、宋學之別,與漢學、宋學之爭。

王應麟説:"自漢儒至於慶曆間,説經者守訓故而不鑿。《七經小傳》出而稍尚新奇矣。至《三經義》行,視漢儒之學若土梗。"（〔宋〕王應麟著，〔清〕翁元圻輯注，孫通海點校：《困學紀聞注》卷八《經說》，北京：中華書局，2016年，第1192頁）按，《七經小傳》劉敞撰，《三經義》即王安石《三經新義》。然則，王應麟認爲宋代經學風氣之變始於劉、王。清人批評宋學："非獨科舉文字蹈空而已，説經之書，亦多空衍義理，橫發議論，與漢、唐注疏全異。"（〔清〕皮錫瑞著，周予同注釋：《經學歷史》，第274頁）惠棟甚至引用其父惠士奇的話説："宋人不好古而好臆説，故其解經皆燕相之説書也。"（〔清〕惠棟：《九曜齋筆記》卷二《本朝經學》，《聚學軒叢書》本）其實，宋學的這些弊端，宋代人自己就批評過。神宗熙寧二年（公元1069年）司馬光上《論風俗劄子》曰："竊見近歲公卿大夫好爲高奇之論，喜誦老、莊之言，流及科場，亦相習尚。新進後生，未知臧否，口傳耳剽，翕然成風。至有讀《易》未識卦、爻，已謂《十翼》非孔子之言；讀《禮》未知篇數，已謂《周官》爲戰國之書；讀《詩》未盡《周南》《召南》，已謂毛、鄭爲章句之學。讀《春秋》未知十二公，已謂三《傳》可束之高閣。循守注疏者，謂之腐儒；穿鑿臆説者，謂之精義。"（〔宋〕司馬光撰，李文澤、霞紹暉校點：《司馬光集》卷四五，成都：四川大學出版社，2010年，第973—974頁）可見，此種學風確爲當時的一種風氣。但清人的批評指向却是宋代的理學，好像宋代的理學家們都是些憑空臆説之徒。這種批評成了理學躲不開的夢魘，也成了漢學、宋學天然的劃界標準。

遺憾的是，這其實是一種被誤導了的"常識"。

理學家並不拒斥訓詁之學，更不輕視漢魏古注。恰恰相反，理學家的義理之論正是建立在對古注的充分尊重與理解之上才得以成立，即使對古注持不同意見，也必以翔實的考據和慎密的論證爲依據。而這正是漢學之精髓所在。試以理學的經典《四書章句集注》爲例，其訓詁文字基本上採自漢唐古注。據中國臺灣學者陳逢源援引日本學者大槻信良的統計："《論語集注》援取漢宋諸儒注解有九百四十九條，採用當朝儒者説法有六百八十條；《孟子集注》援取漢宋諸儒注解一千零六十九條，採用當朝儒者説法也有二百五十五條。"（陳逢源：《朱熹與四書章句集注》，臺北：里仁書局，2006年，第195—196頁）這一統計説明，朱子的注釋是"厚古"而"薄今"的。

朱子非常重視古注，推尊漢儒："古注有不可易處。"（〔宋〕黎靖德輯，鄭明等校點：《朱子語類》卷六十四，《朱子全書》[第十六册]，上海：上海古籍出版社，合肥：安徽教育出版社，2002年，第2130頁）"諸儒説多不明，却是古注是。"（〔宋〕黎靖德輯，鄭明等校點：《朱子語類》卷六十四，《朱子全書》[第十六册]，第2116頁）"東漢諸儒煞好。……康成也可謂大儒。"（〔宋〕黎靖德輯，鄭明等校點：《朱子語類》卷八十七，《朱子全書》[第十七册]，第2942頁）甚至對漢人解經之家法，朱子亦予以肯定："其治經必專家法者，天下之理固不外於人之一心，然聖賢之言則有淵奥爾雅而不可以臆斷者，其制度、名物、行事本末又非今日之見聞所能及也，故治經者必因先儒已成之説而推之。借曰未必盡是，亦當究其所以得失之故，而後可以反求諸心而正其繆。此漢之諸儒所以專門名家，各守師説，而不敢輕有變焉者也……近年以來，習俗苟偷，學無宗主，治經者不復讀其經之本文與夫先儒之傳注，但取近時科舉中選之文諷誦摹仿，擇取經中可爲題目之句以意扭捏，妄作主張，明知不是經意，但取便於行文，不假恤也……主司不惟不知其繆，乃反以爲工而置之高等。習以成風，轉相祖述，慢侮聖言，日以益盛。名爲治經而實爲經學之賊，號爲作文而實爲文字之妖。不可坐視而不之正也。"（〔宋〕朱熹撰，徐德明、王鐵校點：《學校貢舉私議》，《晦庵先生朱文公文集》卷六十九，《朱子全書》[第二十三冊]，第3360頁）這段文字明白無誤地指出，漢人家法之不可無，治經必不可丢棄先儒已成之説。

這段文字還對當時治經者拋棄先儒成説而肆意臆説的學風提出了嚴厲的批評。認爲這不是治經，而是經學之賊。他對他的學生説："傳注，惟古注不作文，却好看。只隨經句分説，不離經意最好。疏亦然。今人解書，且圖要作文，又加辨説，百般生疑。故其文雖可讀，而經意殊遠。"（〔宋〕黎靖德輯，鄭明等校點：《朱子語類》卷十一，《朱子全書》[第十四冊]，第351頁）他認爲守注疏而後論道是正道："祖宗以來，學者但守注疏，其後便論道，如二蘇直是要論道，但注疏如何棄得？"（〔宋〕黎靖德輯，鄭明等校點：《朱子語類》卷一百二十九，《朱子全書》[第十八冊]，第4028頁）他提倡訓詁、經義不相離："漢儒可謂善説經者，不過只説訓詁，使人以此訓詁玩索經文，訓詁、經文不相離異，只做一道看了，直是意味深長也。"（〔宋〕朱熹撰，徐德明、王鐵校點：《答張敬夫》，《晦庵先生朱文公文集》卷三十一，第1349頁）

錢穆先生論朱子之辨《禹貢》，論其考據功夫之深，而有一歎曰："清儒窮經稽古，以《禹貢》專門名家者頗不乏人。惜乎漢宋門户牢不可破，先橫一偏私之見，未能直承朱子，進而益求其真是之所在，而仍不脱於遷就穿鑿，所謂巧愈甚而謬愈彰，此則大可遺憾也。"（錢穆：《朱子新學案》［第五冊］，《錢賓四先生全集》，臺北：聯經出版事業公司，1998年，第341頁）

　　20世紀20年代，商務印書館曾經出過一套深受學界好評的叢書《四部叢刊》。《叢刊》以精選善本爲勝，贏得口碑。經部典籍則以漢魏之著，宋元之刊爲主，一時古籍之最，幾乎被一網打盡。但《四部叢刊》以表現古籍原貌爲宗旨，故呈現方式爲影印。它的好處是使藏之深閣的元明刻本走入了普通學者和讀者的家庭，故甫一問世，便廣受好評，直至今日它依然是研究中國學術文化的學者們不可或缺的基本圖書。但是，它的缺點是曲高和寡而價格不菲，不利於普及與流通。鑒於當下持續不斷的國學熱、傳統文化熱，人們研讀經典已從一般的閱讀向深層的需求發展，商務印書館決定啓動一項與時俱進的大工程：編輯一套經過整理的儒家經典古注本。選目以《四部叢刊》所收漢魏古注爲基礎，輔以其他宋元善本。爲了適應現代人的閱讀習慣，這套叢書改直排爲橫排，但爲了保持古籍的原貌而用繁體字，並嚴格遵循古籍整理的規範，有句讀（點），用專名綫（標）。參與整理的，都是國內各高校和研究機構學有專長的中青年學者。

　　另外，本次整理還首次使用了剛剛開發成功的 Source Han（開源思源宋體）。這種字體也許可以使讀者們有一種更舒適的閱讀體驗。

朱傑人
二〇一九年二月
於海上桑榆匪晚齋

目 錄

整理說明	/ 1
整理凡例	/ 10
毛詩卷第一	/ 13
周南關雎詁訓傳第一	/ 15
毛詩國風	/ 15
關雎	/ 15
葛覃	/ 19
卷耳	/ 21
樛木	/ 23
螽斯	/ 24
桃夭	/ 25
兔罝	/ 27
芣苢	/ 29
漢廣	/ 31
汝墳	/ 33
麟之趾	/ 35
召南鵲巢詁訓傳第二	/ 37
毛詩國風	/ 37
鵲巢	/ 37

采蘩　　　　　　　　　　/ 39
　　草蟲　　　　　　　　　　/ 41
　　采蘋　　　　　　　　　　/ 43
　　甘棠　　　　　　　　　　/ 45
　　行露　　　　　　　　　　/ 46
　　羔羊　　　　　　　　　　/ 48
　　殷其靁　　　　　　　　　/ 50
　　摽有梅　　　　　　　　　/ 52
　　小星　　　　　　　　　　/ 54
　　江有汜　　　　　　　　　/ 56
　　野有死麕　　　　　　　　/ 58
　　何彼襛矣　　　　　　　　/ 60
　　騶虞　　　　　　　　　　/ 62

毛詩卷第二　　　　　　　　/ 65
　邶柏舟詁訓傳第三　　　　　/ 67
　　毛詩國風　　　　　　　　/ 67
　　柏舟　　　　　　　　　　/ 67
　　綠衣　　　　　　　　　　/ 70
　　燕燕　　　　　　　　　　/ 72
　　日月　　　　　　　　　　/ 74
　　終風　　　　　　　　　　/ 76
　　擊鼓　　　　　　　　　　/ 78
　　凱風　　　　　　　　　　/ 81
　　雄雉　　　　　　　　　　/ 83
　　匏有苦葉　　　　　　　　/ 85

目　錄

谷風	/ 87
式微	/ 91
旄丘	/ 92
簡兮	/ 94
泉水	/ 96
北門	/ 98
北風	/ 100
靜女	/ 102
新臺	/ 104
二子乘舟	/ 106

毛詩卷第三 / 109
 鄘柏舟詁訓傳第四 / 111
  毛詩國風 / 111
   柏舟 / 111
   牆有茨 / 113
   君子偕老 / 115
   桑中 / 118
   鶉之奔奔 / 120
   定之方中 / 121
   蝃蝀 / 124
   相鼠 / 126
   干旄 / 127
   載馳 / 129
 衛淇奥詁訓傳第五 / 132
  毛詩國風 / 132

淇奥 / 132

考槃 / 134

碩人 / 136

氓 / 139

竹竿 / 143

芄蘭 / 145

河廣 / 147

伯兮 / 148

有狐 / 150

木瓜 / 151

毛詩卷第四 / 153

王黍離詁訓傳第六 / 155

毛詩國風 / 155

黍離 / 155

君子于役 / 157

君子陽陽 / 158

揚之水 / 159

中谷有蓷 / 161

兔爰 / 163

葛藟 / 165

采葛 / 167

大車 / 168

丘中有麻 / 170

鄭緇衣詁訓傳第七 / 172

毛詩國風 / 172

緇衣	/	172
將仲子	/	174
叔于田	/	176
大叔于田	/	177
清人	/	179
羔裘	/	181
遵大路	/	183
女曰雞鳴	/	184
有女同車	/	186
山有扶蘇	/	188
蘀兮	/	190
狡童	/	191
褰裳	/	192
丰	/	193
東門之墠	/	195
風雨	/	196
子衿	/	197
揚之水	/	199
出其東門	/	200
野有蔓草	/	202
溱洧	/	203

毛詩卷第五 / 205
 齊雞鳴詁訓傳第八 / 207
  毛詩國風 / 207
   雞鳴 / 207

還 / 209

著 / 211

東方之日 / 213

東方未明 / 215

南山 / 217

甫田 / 220

盧令 / 221

敝笱 / 222

載驅 / 224

猗嗟 / 226

魏葛屨詁訓傳第九 / 228

  毛詩國風 / 228

    葛屨 / 228

    汾沮洳 / 230

    園有桃 / 232

    陟岵 / 234

    十畝之間 / 236

    伐檀 / 237

    碩鼠 / 239

毛詩卷第六 / 241

唐蟋蟀詁訓傳第十 / 243

  毛詩國風 / 243

    蟋蟀 / 243

    山有樞 / 245

    揚之水 / 247

椒聊	/ 249
綢繆	/ 250
杕杜	/ 252
羔裘	/ 253
鴇羽	/ 254
無衣	/ 256
有杕之杜	/ 257
葛生	/ 258
采苓	/ 260
秦車鄰詁訓傳第十一	/ 262
毛詩國風	/ 262
車鄰	/ 262
駟驖	/ 264
小戎	/ 266
蒹葭	/ 269
終南	/ 271
黃鳥	/ 272
晨風	/ 274
無衣	/ 276
渭陽	/ 278
權輿	/ 279

毛詩卷第七 / 281

陳宛丘詁訓傳第十二 / 283
　毛詩國風 / 283
　　宛丘 / 283

東門之枌　　　/ 285
衡門　　　　　/ 287
東門之池　　　/ 289
東門之楊　　　/ 290
墓門　　　　　/ 291
防有鵲巢　　　/ 293
月出　　　　　/ 294
株林　　　　　/ 295
澤陂　　　　　/ 296
檜羔裘詁訓傳第十三　　　/ 298
　毛詩國風　　　/ 298
　　羔裘　　　　/ 298
　　素冠　　　　/ 300
　　隰有萇楚　　/ 302
　　匪風　　　　/ 303
曹蜉蝣詁訓傳第十四　　　/ 305
　毛詩國風　　　/ 305
　　蜉蝣　　　　/ 305
　　候人　　　　/ 307
　　鳲鳩　　　　/ 309
　　下泉　　　　/ 311

毛詩卷第八　　　/ 313
豳七月詁訓傳第十五　　　/ 315
　毛詩國風　　　/ 315
　　七月　　　　/ 315

鴟鴞 / 322

東山 / 325

破斧 / 329

伐柯 / 331

九罭 / 333

狼跋 / 335

毛詩卷第九 / 337

鹿鳴之什詁訓傳第十六 / 339

毛詩小雅 / 339

鹿鳴 / 339

四牡 / 341

皇皇者華 / 343

常棣 / 345

伐木 / 349

天保 / 352

采薇 / 355

出車 / 359

杕杜 / 362

魚麗 / 364

南陔　白華　華黍 / 366

毛詩卷第十 / 367

南有嘉魚之什詁訓傳第十七 / 369

毛詩小雅 / 369

南有嘉魚 / 369

南山有臺 / 371

由庚　崇丘　由儀　　　　　　　　／ 373
蓼蕭　　　　　　　　　　　　　　／ 374
湛露　　　　　　　　　　　　　　／ 376
彤弓　　　　　　　　　　　　　　／ 378
菁菁者莪　　　　　　　　　　　　／ 380
六月　　　　　　　　　　　　　　／ 382
采芑　　　　　　　　　　　　　　／ 386
車攻　　　　　　　　　　　　　　／ 389
吉日　　　　　　　　　　　　　　／ 392

毛詩卷第十一　　　　　　　　　　／ 395
鴻鴈之什詁訓傳第十八　　　　　／ 397
毛詩小雅　　　　　　　　　　　／ 397
鴻鴈　　　　　　　　　　　　／ 397
庭燎　　　　　　　　　　　　／ 400
沔水　　　　　　　　　　　　／ 402
鶴鳴　　　　　　　　　　　　／ 404
祈父　　　　　　　　　　　　／ 406
白駒　　　　　　　　　　　　／ 408
黃鳥　　　　　　　　　　　　／ 410
我行其野　　　　　　　　　　／ 412
斯干　　　　　　　　　　　　／ 414
無羊　　　　　　　　　　　　／ 419

毛詩卷第十二　　　　　　　　　　／ 423
節南山之什詁訓傳第十九　　　　／ 425
毛詩小雅　　　　　　　　　　　／ 425

節南山　　　　　　　　　／ 425

正月　　　　　　　　　　／ 430

十月之交　　　　　　　　／ 437

雨無正　　　　　　　　　／ 442

小旻　　　　　　　　　　／ 446

小宛　　　　　　　　　　／ 450

小弁　　　　　　　　　　／ 453

巧言　　　　　　　　　　／ 458

何人斯　　　　　　　　　／ 461

巷伯　　　　　　　　　　／ 465

毛詩卷第十三　　　　　　　／ 469
 谷風之什詁訓傳第二十　　／ 471
  毛詩小雅　　　　　　　／ 471
  谷風　　　　　　　　　／ 471
  蓼莪　　　　　　　　　／ 473
  大東　　　　　　　　　／ 476
  四月　　　　　　　　　／ 481
  北山　　　　　　　　　／ 484
  無將大車　　　　　　　／ 487
  小明　　　　　　　　　／ 489
  鼓鍾　　　　　　　　　／ 492
  楚茨　　　　　　　　　／ 494
  信南山　　　　　　　　／ 499

毛詩卷第十四　　　　　　　／ 503
 甫田之什詁訓傳第二十一　／ 505

毛詩小雅 / 505
  甫田 / 505
  大田 / 509
  瞻彼洛矣 / 512
  裳裳者華 / 514
  桑扈 / 516
  鴛鴦 / 518
  頍弁 / 520
  車舝 / 523
  青蠅 / 526
  賓之初筵 / 527

毛詩卷第十五 / 533
魚藻之什詁訓傳第二十二 / 535
  毛詩小雅 / 535
    魚藻 / 535
    采菽 / 537
    角弓 / 540
    菀柳 / 543
    都人士 / 545
    采綠 / 548
    黍苗 / 550
    隰桑 / 552
    白華 / 554
    緜蠻 / 558
    瓠葉 / 560

漸漸之石　　　　　　　　／ 562

　　苕之華　　　　　　　　　／ 564

　　何草不黃　　　　　　　　／ 566

毛詩卷第十六　　　　　　　　／ 569

　文王之什詁訓傳第二十三　　　／ 571

　　毛詩大雅　　　　　　　　／ 571

　　　文王　　　　　　　　　／ 571

　　　大明　　　　　　　　　／ 576

　　　緜　　　　　　　　　　／ 581

　　　棫樸　　　　　　　　　／ 587

　　　旱麓　　　　　　　　　／ 590

　　　思齊　　　　　　　　　／ 593

　　　皇矣　　　　　　　　　／ 596

　　　靈臺　　　　　　　　　／ 602

　　　下武　　　　　　　　　／ 605

　　　文王有聲　　　　　　　／ 608

毛詩卷第十七　　　　　　　　／ 613

　生民之什詁訓傳第二十四　　　／ 615

　　毛詩大雅　　　　　　　　／ 615

　　　生民　　　　　　　　　／ 615

　　　行葦　　　　　　　　　／ 621

　　　既醉　　　　　　　　　／ 625

　　　鳧鷖　　　　　　　　　／ 629

　　　假樂　　　　　　　　　／ 632

　　　公劉　　　　　　　　　／ 634

泂酌　　　　　　　　　／ 639
　　卷阿　　　　　　　　　／ 640
　　民勞　　　　　　　　　／ 645
　　板　　　　　　　　　　／ 648

毛詩卷第十八　　　　　　　／ 653
　蕩之什詁訓傳第二十五　　　／ 655
　　毛詩大雅　　　　　　　　／ 655
　　蕩　　　　　　　　　　／ 655
　　抑　　　　　　　　　　／ 660
　　桑柔　　　　　　　　　／ 668
　　雲漢　　　　　　　　　／ 676
　　崧高　　　　　　　　　／ 681
　　烝民　　　　　　　　　／ 686
　　韓奕　　　　　　　　　／ 690
　　江漢　　　　　　　　　／ 695
　　常武　　　　　　　　　／ 699
　　瞻卬　　　　　　　　　／ 703
　　召旻　　　　　　　　　／ 707

毛詩卷第十九　　　　　　　／ 711
　清廟之什詁訓傳第二十六　　／ 713
　　毛詩周頌　　　　　　　　／ 713
　　清廟　　　　　　　　　／ 713
　　維天之命　　　　　　　／ 715
　　維清　　　　　　　　　／ 716
　　烈文　　　　　　　　　／ 717

天作	/	719
昊天有成命	/	720
我將	/	721
時邁	/	722
執競	/	724
思文	/	725

臣工之什詁訓傳第二十七　　　　／ 726
　毛詩周頌　　　　　　　　　　／ 726

臣工	/	726
噫嘻	/	728
振鷺	/	730
豐年	/	731
有瞽	/	732
潛	/	734
雝	/	735
載見	/	737
有客	/	738
武	/	740

閔予小子之什詁訓傳第二十八　　／ 741
　毛詩周頌　　　　　　　　　　／ 741

閔予小子	/	741
訪落	/	743
敬之	/	744
小毖	/	745
載芟	/	747
良耜	/	750

絲衣　　　　　　　　　　　　　／ 752

　　酌　　　　　　　　　　　　　　／ 753

　　桓　　　　　　　　　　　　　　／ 754

　　賚　　　　　　　　　　　　　　／ 755

　　般　　　　　　　　　　　　　　／ 756

毛詩卷第二十　　　　　　　　　／ 757

　駉詁訓傳第二十九　　　　　　　　／ 759

　　毛詩魯頌　　　　　　　　　　　／ 759

　　　駉　　　　　　　　　　　　　／ 759

　　　有駜　　　　　　　　　　　　／ 762

　　　泮水　　　　　　　　　　　　／ 764

　　　閟宮　　　　　　　　　　　　／ 768

　那詁訓傳第三十　　　　　　　　　／ 775

　　毛詩商頌　　　　　　　　　　　／ 775

　　　那　　　　　　　　　　　　　／ 775

　　　烈祖　　　　　　　　　　　　／ 778

　　　玄鳥　　　　　　　　　　　　／ 780

　　　長發　　　　　　　　　　　　／ 782

　　　殷武　　　　　　　　　　　　／ 787

整理説明

　　《詩經》的産生，根植於周代的禮樂文化。它結集完成，逐漸形成了詩性文化，成爲中國傳統文化的重要一支，並進而深深地影響着中國傳統文化的走向。《詩經》自結集以來，就一直作爲一部重要典籍，出現在人們的視野之中。先秦時期，《詩三百》雖無"經"之名，卻有"經"之實，這從當時其他典籍稱引中即可窺知。我們還可以從其中窺知，當時的《詩三百》有一個内容上比較穩定的文本，只是目前我們還無法據現有出土文獻與傳世文獻推知其原貌。

　　歷秦至漢，《詩》於武帝時被尊爲"經"，立於學官，從而得到了廣泛傳播。據《漢書·藝文志》記載，漢代傳《詩》者"六家，四百一十六卷"，其中以《齊》《魯》《韓》《毛》四家爲著。《齊》《魯》《韓》三家爲今文經學，逐漸亡而不傳。據《隋書·經籍志》記載："《齊詩》，魏代已亡；《魯詩》亡於西晉；《韓詩》雖存，無傳之者。唯《毛詩鄭箋》，至今獨立。"也就是説，當時惟古文經學的《毛詩》獨傳。三家《詩》文本早已不全，宋人亦只能見到他書中僅剩的殘句。《魯詩》因熹平石經殘石而存片言，至今可見，頗爲可寶。自宋儒王應麟起，以至諸多清儒，有輯《三家詩》佚文之作，只是諸儒於三家各自的歸屬，多有妄斷之嫌，難稱定讞。我們現在所説的《詩經》，究其實質是《毛詩》，因其文本是源自《毛詩》的。《漢書·藝文志》著録"《毛詩》二十九卷，《毛詩故訓傳》三十卷",經、傳單行。東漢時期,鄭玄箋《毛詩》,一般稱鄭《箋》、《毛詩箋》或《毛詩傳箋》。從敦煌《毛詩》寫本和後世刻本來看,經注合鈔或合刻本爲其主要文本形態。所以學者於《毛詩》白文、《毛詩》經傳或《毛詩傳箋》,往往只籠統地稱作《毛詩》。

《三家詩》文本與《毛詩》多有差異,阜陽漢簡《詩經》文本與今本《毛詩》亦多有差異,而《毛詩》文本之間亦有差異。鄭玄箋《毛詩》,對其中部分文字有所校正,故鄭《箋》較之毛《傳》,於經文文本上當有差異。《顏氏家訓·書證篇》記載了江南本與河北本之間的差異,敦煌《毛詩》殘卷也可以反映出《毛詩》文本上的差異。至唐代,爲彌合南北經學之間的差異,太宗令顏師古作《五經定本》,其中就有《詩經定本》。後孔穎達作《毛詩正義》,於經文多參考師古《定本》。唐代又有開成石經《毛詩》,亦對《毛詩》文本有所校正。《詩經定本》和開成石經《毛詩》既然對此前《毛詩》文本有所釐定,則亦與此前的文本有所不同。陸德明《經典釋文·毛詩音義》亦著錄《毛詩》及《韓詩》異文。

可以説,自漢至唐時期的《毛詩》文本一直處於"變"與"不變"之間。由於經師改動、輾轉傳鈔和字體演變、用字習慣等原因,總體上穩定而"不變"的《毛詩》文本,細節上仍處在不斷地"變"之中。宋代起出現的《毛詩》刻本,已非唐時面貌,亦非六朝時期面貌,更非漢時舊貌。而刻本出現,雖然可以解決鈔本產生的不必要訛誤,但也不能避免自身產生的新的版刻訛誤。事實上,後世《毛詩》諸刻本中的版刻訛誤是大量存在的,再加上"鈔本時代"已經產生的異文或訛誤往往不能得到有效解決,《毛詩》文本的訛誤越積越多。前儒，特別是清儒對此做出了不懈努力，比如，阮元組織校刻《十三經注疏》，並撰成《校勘記》；戴震、段玉裁、胡承珙、馬瑞辰、陳奐等《詩經》學者做了大量的理校。儘管如此，因無精善之本《詩經》存世，《詩經》文本的校勘還需要今人及來學不斷探索與研究。

當下，對《詩經》文本的校勘，不外乎三個途徑：其一，探索《詩經》文本的原貌。這需要依靠新材料，特別是新出土文獻的發現，以豐富學界對早期《詩經》文本面貌的認識。相信隨着安徽大學藏《詩》簡和荆州《詩》簡的公佈，可以令學界對戰國時期《詩三百》文本及流傳的面貌有新的認識。同時，也期待六朝以至先秦時期有更多《詩三百》文本被學界發現。其二，梳理既有校勘成果。前儒對於《詩經》文本的校勘，儘管不可避免地存在自己的學術主張和理論預設，但是其具體成就值得今人去進行深入的考察和分析。目前這方面的研究成果比較少，尤其是對清儒的理校成果重視不夠，尚無有學者對此做出全面梳理，更談不上系統研究。其三，梳理現存《毛詩傳箋》《毛詩正義》的版本系統，做出校勘。這方面成果很有局限性，因爲它所能還原的，至多只能是刻本時期的《詩經》文本的形態，而較其原貌畢竟有着差異。但這種做法可操作性較強，是一種相對可行的辦法。目前，這方面的一些成果已經推出或正在推出，堪稱積極而有益的探索。當然，經、注、疏以及所附《釋音》，在合刻過程中，往往會因保持統一而隨意改動文字，一定程度上影響了文本。這一現象普遍存在，有些地方可以通過對校加以解決，有些地方卻無法得到有效解決。

至於最可行的整理辦法，我以爲，應該是將每一部《毛詩傳箋》《毛詩正義》的刻本分別加以標點整理，待有了深厚的積澱之後，再在此基礎上加以匯總整理。基於這個認識，我選擇國家圖書館藏宋巾箱本《毛詩詁訓傳》作爲工作本，以應商務印書館整理《詩經》古注之邀。張元濟先生編《四部叢刊》，所影印的《毛詩》即以此本爲底本。這次整理，同時也是對商務印書館這位先輩的紀念與敬意。此外，《中華再造善本》亦據此本影印；國家圖書館出版社於 2017 年將此本影印出版，題爲《宋本毛詩詁訓傳》，最便學者使用。至於上海書店出版社 1997 年出版的《十三經》，其中的《毛詩》係據《四部叢刊》初編初印本影印，錯訛較多，出版時又有加工，使用時需謹慎對待。

宋巾箱本《毛詩詁訓傳》二十卷，板高十四點三釐米，廣十點三釐米。半葉十行，行大字十七字左右，注文小字雙行，行二十二字左右。白口，雙順魚尾或單魚尾，左右雙邊或四周雙邊。匡、筐、殷、恒、貞、桓、完、構、覯、愼等字以闕筆形式避諱，偶見不避諱者，是後來鈔配或鈔補時疏忽所致，並非此本原貌。此本歷經汪士鐘、于昌進、瞿氏鐵琴銅劍樓、王體仁、陳清華等多家遞藏，鈐印頗多，如"汪士鐘印"白文方印、"閬源真賞"朱文方印、"平陽汪氏藏書印"朱文長方印、"憲奎"白文方印、"秋浦"朱文方印、"于氏小謨觴館"朱文長方印、"清奉買來"白文橢圓印、"于昌進珍藏"白文長方印、"鐵琴銅劍樓"白文長方印、"紹基秘笈"白文方印、"瞿秉沖印"白文方印、"良士曾觀"白文長方印、"筱珊經眼"白文方印、"郋齋"朱文長方印、"祁陽陳澄中藏書記"朱文長方印、"子子孫孫其永保之"朱文長方印、"善本"朱文圓印、"有竹居"朱文方印等。這是一個南宋時期的坊刻本，刻印並不精善，且有遞修，其中存有大量俗字和異寫，以至經、注用字有異，甚至有一句話中的同一個字而先後用了兩個不同的字形；此、北、比三字，土、士二字及穀、穀二字等常因形近而混。此本有鈔配和鈔補，這部分字形與原版差異明顯，比較容易區分。據該書書前附紙所記，卷一，第十至二十一葉共十二葉爲鈔配；卷六，第九至十一葉共三葉爲鈔配，又有鈔補；卷七，有鈔補；卷八，第四葉共一葉爲鈔配；卷九，第一葉共一葉爲鈔配，又有鈔補；卷十二，第十七至二十一葉共五葉爲鈔配；卷十三，第一至二葉共二葉爲鈔配；卷十四，第十三葉共一葉爲鈔配；卷十五，第一至三及第十五葉共四葉爲鈔配；卷十六，第一、第三、第六至七、第十三至十四葉共六葉爲鈔配，又有鈔補；卷十七，第十六至十九葉共四葉爲鈔配，又有鈔補；卷十八，第一葉共一葉爲鈔配；卷二十，第十三至十四及第十七葉反面共二葉半爲鈔配。所鈔配的内容，對應的具體内容是：卷一，自《周南·兔罝》三章"(赳赳武) 夫，公侯腹心"（經文）以下，至卷末；卷六，自"秦車鄰詁訓傳第十一"以下，至《秦風·小戎》篇"勞，音潦"（《釋音》文）；卷八，自《豳風·七月》"(黍稷重) 穋，禾麻菽麥"（經文）以下，至《豳風·鴟鴞》"公乃（爲詩以遺王）"（序文）；卷九，自"毛詩卷第九"以下，至《小雅·鹿鳴》"呦（呦鹿鳴，食野之芩）"（經文）；卷十二，自《小雅·小弁》"(譏，居依反，又) 古愛反，一音祈"（《釋音》文）以下，至卷末；卷十三，自"毛詩卷第十三"以下，至《小雅·大東》"譚，音徒（南反）"（《釋音》文）；卷十四，自《小雅·賓之初筵》"(側) 弁之俄，屢舞傞傞"（經文）以下，至卷末；卷十五，自"毛詩卷第十五"以下，至《小雅·角弓》"見女之教令無善無（惡）"（《箋》文）；卷十六，自"毛詩卷第十六"以下至《大雅·文王》"《箋》：猶（，謀。思，願也）"（《箋》文），自《大雅·文王》"又度殷所以順天之事"（《箋》文）以下至《大雅·大明》"在今同州郃陽夏陽縣，洽（，水也）"（《箋》文），自《大雅·緜》"父，音甫，本亦作甫"（《釋音》文）以下至《大雅·緜》"惶，一音皇"（《釋音》文），自《大雅·皇矣》"《爾雅》云：木自斃神"（《釋音》文）以下至《大雅·皇矣》"亦在岐山之南隅也，而（居渭水之側）"（《箋》文）；卷十七，自《大雅·民勞》"同。罷，音皮"（《釋音》文）以下，至卷末；卷十八，自"毛詩卷第十八"以下，至"姦，本作奸。宄（，音軌）"（《釋音》文）；卷二十，自《商頌·玄鳥》"（降）而生商，宅殷土芒芒"（經文）以下至"沈云：鄭《箋》云實"（《釋音》文），自"（桷，）音角。梴，丑連反"（《釋音》文）至卷末。

此本因係坊刻，其間的訛奪衍倒之處頗多。比如：《鄭風·清人》"二矛重英"，鄭《箋》"酋矛"，"矛"訛作"柔"；《周頌·小毖》《序》下奪鄭《箋》"毖，慎也。天下之事，當慎其小。小時而不慎，後爲禍大，故成王求忠臣早輔助己爲政，以救患難"三十六字；《大雅·江漢》奪《序》下《箋》文"召公，召穆公也，名虎"及經文"江漢浮浮，武夫滔滔。匪安匪遊，淮夷來求"共二十四字；《秦風·蒹葭》"蒹葭凄凄，白露未晞"鄭《箋》"《箋》云"下衍一"云"字；《邶風·燕燕》"燕燕于飛，下上其音"，經文"下上"誤倒作"上下"，因之又將《箋》文"下上其音"改作"上下"；等等。此本多有鈔配和鈔補，其間也產生了一些訛誤。比如：《小雅·蓼莪》《小雅·角弓》《大雅·大明》《大雅·蕩》和《商頌·長發》五篇誤混入朱子《詩集傳》文，這是鈔配時所產生的訛誤。《詩序》下的鄭《箋》，宋巾箱本並無"《箋》云"二字，而是直接列出《箋》文。部分篇目中有"《箋》云"二字，這些都是鈔配時未能照顧到體例上的統一。至於鈔補産生的錯誤，比如：《鄭風·野有蔓草·序》"民窮於兵革"，"兵革"二字殘，僅剩"革"字下部一小半，被鈔補者誤寫成"蔓草"；《大雅·生民》篇鈔補時，奪《傳》文"故置之於寒冰"，而衍經文"鳥覆翼之"。當然，此本有較他本爲優之處，比如：經注中"遅"，多用較古的字形"遟"。偶見寫作"遲"者，都是後來鈔補的文字，並非原本。又如：《鄘風·墙有茨·序》鄭《箋》"宣公卒，惠公幼，其庶子頑烝於惠公之母，生子五人"云云，"庶子"，他本多作"庶兄"。公子頑爲宣公庶子、惠公庶兄。《箋》文"其"若承"惠公幼"而言，指惠公，則後文不當再說"惠公之母"，句子當説成"庶兄頑烝於其母"。所以，這裏的"其"應當承前文的"宣公卒"而言，指宣公，這樣才不致於文義重複。"其"既指宣公，則《箋》文當以此本作"庶子"爲是。《衛風·擊鼓》"平陳與宋"，此本與殿本毛《傳》、鄭《箋》均作"與"，於義爲優；而足利本、五山本、相臺本、阮刻本均作"於"，於義晦澀。《魏風·汾沮洳》"言采其桑"，鄭《箋》："采桑，親蠶事也。""親"，相臺本即因形近而訛作"視"。《大雅·韓奕》"實畝實藉"，相臺本訛作"藉"。《大雅·生民》"時維后稷"，鄭《箋》"後則生子而養長之，名曰棄"，他本有"之名"誤倒作"名之"的。此外，此本文字，多有與阮元《校勘記》所斷相合者，亦可證明其文獻價值不可忽視。整理過程中，我參校了其他五個版本，撰寫了校勘記，並另行撰寫《宋巾箱本〈毛詩詁訓傳〉校讀記》（刊《中國語言文學研究》2020年秋之卷），就其中部分校勘情況做進一步說明。

此外，還需要特別說明的是，《四部叢刊》本《毛詩》雖爲影印，卻時有描潤，並非宋巾箱本原貌。比如：《小雅·伐木》"相彼鳥矣"，鄭《箋》"相，視也"，"視"，《四部叢刊》本誤作"親"；《周頌·載芟》"匪且有且"，鄭《箋》"謂將有嘉慶禎祥先來見也"，"先"，《四部叢刊》本誤作"兆"；《商頌·烈祖》"約軝錯衡，八鸞鶬鶬"，鄭《箋》"言車服之得其正也"，"正"，《四部叢刊》本誤作"王"；等等。這需要學者在使用《四部叢刊》本時特別注意。

本次整理，依照叢書體例，删去宋巾箱本《毛詩詁訓傳》原附的陸德明《釋音》，並予以重新排版，以便於閱讀。至於書名，則不沿用原來的卷端題名，而改稱"毛詩箋"，以合叢書體例。本次點校，參校以日本足利學校本《毛詩正義》、五山版《毛詩詁訓傳》、清仿相臺五經本《毛詩》、清武英殿本《毛詩注疏》和阮元校刻的清嘉慶二十年南昌府學本《十三經注疏》之《毛詩正義》。至於經、傳文字，通校以段玉裁《毛詩故訓傳定本》和竹添光鴻《毛詩會箋》。本書校勘，適當吸收了阮元《校勘記》的部分成果。本書標點，適當參考了山東大學出版社出版的《兩漢全書》本《毛詩詁訓傳》、北京大學出版社出版的繁體標點本《毛詩正義》和上海古籍出版社出版的《毛詩注疏》。部分標點與前賢不同，是出於學術上的思考，比如：《周南·葛覃》"是刈是濩"，毛《傳》"濩煮之也"，無論是相臺本、武英殿本，還是今人標點本，均標點爲："濩，煮之也。"如此標點，則是以毛公用"煮之"來訓"濩"。但是，這樣以動賓結構來解釋一個不及物動詞，顯然是增字解經了，當非毛公本意。我以爲這裏的意思應該是"濩以煮之"或"濩而煮之"，故不加點斷，標點爲："濩煮之也。"《召南·鵲巢》"維鳩方之"，毛《傳》"方有之也"，一般標點爲："方，有之也。"段玉裁《毛詩故訓傳定本》於此有小箋云："方有之，猶今人云正有之。俗本以方逗，以有之句，大失詩意。"此説可從，故標點時不加逗號。

《詩經》文本層次複雜，校勘並不能有效地解決《詩經》文本中存在的問題，而只能是盡可能地去完善它。希望我這次所做的工作是一個有益的探索，也希望這個整理本可以給讀者提供一個相對可靠且便利的《詩經》文本。至於標點方面，雖偶有一得，但錯誤難免。姚永概《慎宜軒日記》"戊寅十月十六日"條云："讀《詩經》。《注疏》本雖點讀一遍，尚多謬誤，欲再取別本點一周。"姚氏爲桐城世家，曾任北京大學文科學長、清史館協修，點讀《毛詩注疏》，自言"尚多謬誤"，後生小子，安敢稱是？囿於學識，這個整理本的標點和校勘難免存在這樣那樣的問題，懇請學界同好不吝賜教，以便今後修訂。

陳　才

二〇一八年八月

整理凡例

一、《毛詩詁訓傳》原書經注相間，本次整理時，予以重新排版。具體做法是：先列《詩序》，解釋《詩序》的鄭《箋》文字另起一行排版。經文按章排版，將毛《傳》、鄭《箋》按照原次序移至每章後，毛《傳》另起一行排版，鄭《箋》亦另起一行排版。

一、整理本書名改稱"毛詩箋"，以合叢書體例；各卷卷端題名則不做改動，仍稱"毛詩"，以保留原本面貌。每篇詩前原無標題，爲便於閱讀和翻檢，整理時增加了篇題。

一、經文之分章、釋義，凡毛、鄭相異處，整理時按慣例，以鄭爲準。

一、依叢書體例，整理時删去原書所附陸德明《釋音》。

一、工作底本（後簡稱"底本"）爲國家圖書館藏宋巾箱本《毛詩詁訓傳》。張元濟先生刊刻《四部叢刊》，所收《毛詩》即影印自此本而略加描潤。惟此本非盡善之本，且有鈔配與鈔補，其間頗有訛誤，故適當加以校勘。

一、參校本爲日本足利學校本《毛詩正義》（後簡稱"足利本"）、五山版《毛詩詁訓傳》（後簡稱"五山本"）、清仿相臺五經本《毛詩》（後簡稱"相臺本"）、清武英殿本《毛詩注疏》（後簡稱"殿本"）和阮元校刻的清嘉慶二十年南昌府學本《十三經注疏》之《毛詩正義》（後簡稱"阮刻本"）。經、傳文字，通校以段玉裁《毛詩故訓傳定本》和竹添光鴻《毛詩會箋》。

一、爲盡可能地保留原本面貌，整理本保留底本中的異體字。但底本中明顯的訛字逕改，俗字一般改爲正字。

一、本書標點時，適當參考了山東大學出版社出版的《兩漢全書》本《毛詩詁訓傳》、北京大學出版社出版的繁體標點本《毛詩正義》和上海古籍出版社出版的《毛詩注疏》。

毛詩卷第一

毛詩卷第一

周南關雎詁訓傳第一

毛詩國風　　　　　　　鄭氏箋

關　　雎

　　《關雎》，后妃之德也。風之始也，所以風天下而正夫婦也。故用之鄉人焉，用之邦國焉。風，風也，教也。風以動之，教以化之。詩者，志之所之也。在心爲志，發言爲詩。情動於中而形於言，言之不足，故嗟歎之；嗟歎之不足，故永歌之；永歌之不足，不知手之舞之、足之蹈之也。情發於聲，聲成文謂之音。[一]治世之音，安以樂，其政和；亂世之音，怨以怒，其政乖；亡國之音，哀以思，其民困。故正得失、動天地、感鬼神，莫近於詩。先王以是經夫婦、成孝敬、厚人倫、美教化、移風俗。故《詩》有六義焉：一曰風，二曰賦，三曰比，四曰興，五曰雅，六曰頌。上以風化下，下以風刺上，主文而譎諫，言之者無罪，聞之者足以戒，故曰風。[二]至于王道衰，禮義廢，政教失，國異政，家殊俗，而變《風》、變《雅》作矣。國史明乎得失之迹，傷人倫之廢，哀刑政之苛，吟詠情性，以風其上。達於事變而懷其舊俗者也。故變《風》發乎情，止乎禮義。發乎情，民之性也；止乎禮義，先王之澤也。

是以一國之事，繫一人之本，謂之風。言天下之事，形四方之風，謂之雅。雅者，正也，言王政之所由廢興也。政有小大，故有《小雅》焉，有《大雅》焉。頌者，美盛德之形容，以其成功，告於神明者也。是謂四始，《詩》之至也。[三]然則《關雎》《麟趾》之化，王者之風，故繫之周公。南，言化自北而南也。《鵲巢》《騶虞》之德，諸侯之風也，先王之所以教，故繫之召公。[四]《周南》《召南》，正始之道，王化之基。是以《關雎》樂得淑女以配君子，憂在進賢，不淫其色。哀窈窕，思賢才，而無傷善之心焉，是《關雎》之義也。[五]

[一] 發，猶見也。聲，謂宮、商、角、徵、羽也。聲成文者，宮商上下相應。

[二] 風化、風刺，皆謂譬喻，不斥言也。主文，主與樂之宮商相應也。譎諫，詠歌依違，不直諫。

[三] 始者，王道興衰之所由。

[四] 自，從也。從北而南，謂其化從岐周被江漢之域也。先王，斥大王、王季。

[五] 哀，蓋字之誤也，當爲"衷"；衷，謂中心恕之。無傷善之心，謂"好逑"也。

關關雎鳩，在河之洲。[一]窈窕淑女，君子好逑。[二]

[一] 興也。關關，和聲也。雎鳩，王雎也，鳥摯而有別。水中可居者曰洲。后妃說樂君子之德，無不和諧，又不淫其色，慎固幽深，若雎鳩之有別焉，然後可以風化天下。夫婦有別，

則父子親；父子親，則君臣敬；君臣敬，則朝廷正；朝廷正，則王化成。

《箋》云：摯之言至也。謂王雎之鳥，雄雌情意至，然而有別。

［二］窈窕，幽閒也〔一〕。淑，善。逑，匹也。言后妃有關雎之德，是幽閒貞專之善女，宜爲君子之好匹。

《箋》云：怨耦曰仇。言后妃之德和諧，則幽閒處深宮貞專之善女，能爲君子和好衆妾之怨者。言皆化后妃之德，不嫉妒，謂三夫人以下。

參差荇菜，左右流之。［一］窈窕淑女，寤寐求之。［二］

［一］荇，接余也。流，求也。后妃有關雎之德，乃能共荇菜，備庶物以事宗廟也。

《箋》云：左右，助也。言后妃將共荇菜之菹，必有助而求之者。言三夫人、九嬪以下，皆樂后妃之事。

［二］寤，覺。寐，寢也。

《箋》云：言后妃覺寐，則常求此賢女，欲與之共己職也。

求之不得，寤寐思服。［一］悠哉悠哉，輾轉反側。［二］

［一］服，思之也。

《箋》云：服，事也。求賢女而不得，覺寐則思己職事，當誰與共之乎。

［二］悠，思也。

〔一〕幽閒也　"閒"，底本誤作"間"，據諸本改。下"幽閒"及下鄭《箋》"幽閒"同。

《箋》云：思之哉，思之哉，言己誠思之。臥而不周曰輾。

參差荇菜，左右采之。[一] 窈窕淑女，琴瑟友之。[二]

[一]《箋》云：言后妃既得荇菜，必有助而采之者。
[二] 宜以琴瑟友樂之。
《箋》云：同志爲友。言賢女之助后妃共荇菜，其情意乃與琴瑟之志同。共荇菜之時，樂必作。

參差荇菜，左右芼之。[一] 窈窕淑女，鍾鼓樂之。[二]

[一] 芼，擇也。
《箋》云：后妃既得荇菜，必有助而擇之者。
[二] 德盛者，宜有鍾鼓之樂。
《箋》云：琴瑟在堂，鍾鼓在庭，言共荇菜之時，上下之樂皆作，盛其禮也。

《關雎》五章，章四句。故言三章，一章四句，二章章八句。

葛　覃

　　《葛覃》，后妃之本也。后妃在父母家，則志在於女功之事，躬儉節用，服澣濯之衣，尊敬師傅，則可以歸安父母，化天下以婦道也。[一]

　　[一] 躬儉節用，由於師傅之教。而後言"尊敬師傅"者，欲見其性亦自然；"可以歸安父母"，言嫁而得意，猶不忘孝。

葛之覃兮，施于中谷，維葉萋萋。[一] 黃鳥于飛，集于灌木，其鳴喈喈。[二]

　　[一] 興也。覃，延也。葛，所以爲絺綌，女功之事煩辱者。施，移也。中谷，谷中也。萋萋，茂盛貌。
　　《箋》云：葛者，婦人之所有事也。此因葛之性以興焉。興者，葛延蔓于谷中，喻女在父母之家，形體浸浸日長大也；葉萋萋然，喻其容色美盛。
　　[二] 黃鳥，搏黍也。灌木，叢木也。喈喈，和聲之遠聞也。
　　《箋》云：葛延蔓之時，則搏黍飛鳴，亦因以興焉。飛集叢木，興女有嫁于君子之道。和聲之遠聞，興女有才美之稱[一]，達於遠方。

葛之覃兮，施于中谷，維葉莫莫。[一] 是刈是濩，爲絺爲綌，服之無斁。[二]

　　[一] 莫莫，成就之貌。

〔一〕 興女有才美之稱　"興"，底本誤作"與"，據諸本改。

《箋》云：成就者，其可采用之時。

［二］濩煮之也。精曰絺，麤曰綌。斁，厭也。古者，王后織玄紞，公侯夫人紘綖，卿之内子大帶，大夫命婦成祭服，士妻朝服，庶士以下各衣其夫。

《箋》云：服，整也。女在父母之家，未知將所適，故習之以絺綌煩辱之事[一]，乃能整治之無厭倦，是其性貞專。

言告師氏，言告言歸。[一] 薄汙我私，薄澣我衣。[二] 害澣害否？歸寧父母。[三]

［一］言，我也。師，女師也。古者，女師教以婦德、婦言、婦容、婦功。祖廟未毀，教于公宫三月；祖廟既毀，教于宗室。婦人謂嫁曰歸。

《箋》云：我告師氏者，我見教告于女師也。教告我以適人之道。重言我者，尊重師教也。公宫、宗室，於族人皆爲貴。

［二］汙[二]，煩也。私，燕服也。婦人有副褘盛飾，以朝事舅姑，接見于宗廟，進見于君子。其餘則私也。

《箋》云：煩，煩撋之，用功深。澣，謂濯之耳。衣，謂褘衣以下至褖衣。

［三］害，何也。私服宜澣，公服宜否。寧，安也。父母在，則有時歸寧耳。

《箋》云：我之衣服，今者何所當見澣乎？何所當否乎？言常自潔清，以事君子[三]。

《葛覃》三章，章六句。

〔一〕故習之以絺綌煩辱之事　"事"，底本誤作"士"，據諸本改。
〔二〕汙　"汙"，底本誤作"汙"，據諸本改。
〔三〕以事君子　"事"，底本誤作"士"，據諸本改。

卷　耳

　　《卷耳》，后妃之志也。又當輔佐君子，求賢審官，知臣下之勤勞，內有進賢之志，而無險詖私謁之心，朝夕思念，至於憂勤也。[一]

　　[一]謁，請也。

采采卷耳，不盈頃筐。[一]嗟我懷人，寘彼周行。[二]

　　[一]憂者之興也。采采，事采之也。卷耳，苓耳也。頃筐，畚屬，易盈之器也。
　　《箋》云：器之易盈而不盈者，志在輔佐君子，憂思深也。
　　[二]懷，思。寘，置。行，列也。思君子官賢人，置周之列位。
　　《箋》云：周之列位，謂朝廷臣也。

陟彼崔嵬，我馬虺隤。[一]我姑酌彼金罍，維以不永懷。[二]

　　[一]陟，升也。崔嵬，土山之戴石者。虺隤，病也。
　　《箋》云：我，我使臣也。臣以兵役之事，行出離其列位，身勤勞於山險，而馬又病，君子宜知其然。
　　[二]姑，且也。人君黃金罍。永，長也。
　　《箋》云：我，我君也。臣出使，功成而反，君且當設饗燕之礼，與之飲酒以勞之。我則以是不復長憂思也。言"且"者，君賞功臣，或多於此。

陟彼高岡，我馬玄黃。我姑酌彼兕觥，維以不永傷。[一]

> [一] 山脊曰岡。玄馬病則黃。兕觥，角爵也。傷，思也。
>
> 《箋》云：此章爲意不盡，申殷勤也。觥，罰爵也。饗燕所以有之者，礼。自立司正之後，旅酬必有醉而失礼者，罰之，亦所以爲樂。

陟彼砠矣，我馬瘏矣，我僕痡矣，云何吁矣？[一]

> [一] 石山戴土曰砠。瘏，病也。痡，亦病也。吁，憂也。
>
> 《箋》云：此章言臣旣勤勞於外，僕馬皆病，而今云何乎，其亦憂矣。深閔之辭。

《卷耳》四章，章四句。

樛　木

《樛木》，后妃逮下也。言能逮下，而無嫉妬之心焉。[一]

[一]后妃能和諧衆妾，不嫉妬其容貌，恒以善言逮下而安之。

南有樛木，葛藟纍之。[一]樂只君子，福履綏之。[二]

[一]興也。南，南土也。木下曲曰樛。南土之葛藟茂盛。
《箋》云：木枝以下垂之故，故葛也、藟也，得纍而蔓之，而上下俱盛。興者，喻后妃能以意下逮衆妾[一]，使得其次序，則衆妾上附事之，而礼義亦俱盛。南土，謂荆、楊之域。
[二]履，祿。綏，安也。
《箋》云：妃妾以礼義相与和，又能以礼樂樂其君子，使爲福祿所安。

南有樛木，葛藟荒之。樂只君子，福履將之。[一]

[一]荒，奄。將，大[二]。
《箋》云：此章申殷勤之意。將，猶扶助也。

南有樛木，葛藟縈之。樂只君子，福履成之。[一]

[一]縈，旋也。成，就也。

《樛木》三章，章四句。

〔一〕喻后妃能以意下逮衆妾　"意"，底本誤作"惠"，據足利本、相臺本、阮刻本改。
〔二〕大　"大"下，諸本有"也"字。

螽　斯

《螽斯》，后妃子孫衆多也。言若螽斯，不妬忌，則子孫衆多也。[一]

[一] 忌，有所諱惡於人。

螽斯羽，詵詵兮。[一] 宜爾子孫，振振兮。[二]

[一] 螽斯，蚣蝑也。詵詵，衆多也。
《箋》云：凡物有陰陽情慾者，无不妬忌，維蚣蝑不耳，各得受氣而生子，故能詵詵然衆多。后妃之德能如是，則宜然。
[二] 振振，仁厚也。
《箋》云：后妃之德寬容，不嫉妬，則宜女之子孫，使其無不仁厚。

螽斯羽，薨薨兮。宜爾子孫，繩繩兮。[一]

[一] 薨薨，衆多也。繩繩，戒慎也。

螽斯羽，揖揖兮。宜爾子孫，蟄蟄兮。[一]

[一] 揖揖，會聚也。蟄蟄，和集也。

《螽斯》三章，章四句。

桃　夭

　　《桃夭》，后妃之所致也。不妒忌，則男女以正，昏姻以時，國無鰥民也。[一]

　　[一] 老而無妻曰鰥。

桃之夭夭，灼灼其華。[一] 之子于歸，宜其室家。[二]

　　[一] 興也。桃，有華之盛者。夭夭，其少壯也〔一〕。灼灼，華之盛也。
　　《箋》云：興者，喻時婦人皆得以年盛時行也。
　　[二] 之子，嫁子也。于，往也。宜以有室家，無踰時者。
　　《箋》云：宜者，謂男女年時俱當。

桃之夭夭，有蕡其實。[一] 之子于歸，宜其家室。[二]

　　[一] 蕡，實貌。非但有華色，又有婦德。
　　[二] 家室，猶室家也。

桃之夭夭，其葉蓁蓁。[一] 之子于歸，宜其家人。[二]

　　[一] 蓁蓁，至盛貌。有色有德，形體至盛也。
　　[二] 一家之人，盡以爲宜。

〔一〕 其少壯也　"少"，底本誤作"室"，據諸本改。

《笺》云：家人，犹室家也。

《桃夭》三章，章四句。

兔　罝

《兔罝》,后妃之化也。《關雎》之化行,則莫不好德,賢人衆多也。

肅肅兔罝,椓之丁丁。[一]赳赳武夫,公侯干城。[二]

[一]肅肅,敬也。兔罝,兔罟也。丁丁,椓杙聲也。

《箋》云:罝兔之人,鄙賤之事,猶能恭敬,則是賢者衆多也。

[二]赳赳,武貌。干,扞也。

《箋》云:干也、城也,皆以禦難也。此罝兔之人,賢者也,有武力,可任爲將帥之德。諸侯可任以國守,扞城其民,折衝禦難於未然。

肅肅兔罝,施于中逵。[一]赳赳武夫,公侯好仇。[二]

[一]逵,九達之道〔一〕。

[二]《箋》云:怨耦曰仇。此罝兔之人,敵國有來侵伐者,可使和好之。亦言賢也。

肅肅兔罝,施于中林。[一]赳赳武夫,公侯腹心。[二]

[一]中林,林中。

〔一〕九達之道 "達",底本誤作"逵",據諸本改。

〔二〕可以制斷公侯之腹心。

《箋》云：此置兔之人〔一〕，於行攻伐，可用爲策謀之臣，使之慮無〔二〕。亦言賢也。

《兔罝》三章，章四句。

〔一〕 此置兔之人 "罝兔"，底本誤倒，據諸本乙正。
〔二〕 使之慮無 "無"，底本誤作"事"，阮刻本同，據足利本、五山本、相臺本、殿本及阮元《校勘記》改。

芣　苢

《芣苢》，后妃之美也。和平則婦人樂有子矣。[一]

[一] 天下和[一]，政教平也。

采采芣苢，薄言采之。[一] 采采芣苢，薄言有之。[二]

[一] 采采，非一辭也。芣苢，馬舄；馬舄，車前也。宜懷任焉[二]。薄，辭也。采，取也。
《箋》云：薄言，我薄也。
[二] 有，藏之也。

采采芣苢，薄言掇之。[一] 采采芣苢，薄言捋之。[二]

[一] 掇，拾也[三]。
[二] 捋，取也[四]。

采采芣苢，薄言袺之。[一] 采采芣苢，薄言襭之。[二]

[一] 袺，執衽也[五]。

〔一〕 天下和　"天"上，底本誤衍"箋云"二字，據諸本刪。
〔二〕 宜懷任焉　"任"，底本誤作"妊"，據足利本、相臺本、阮刻本改。
〔三〕 掇拾也　此三字底本誤奪，據諸本補。
〔四〕 捋取也　此三字底本誤奪，據諸本補。
〔五〕 袺執衽也　此四字底本誤奪，據諸本補。

［二］扱衽曰襭〔一〕。

《芣苢》三章，章四句。

─────────
〔一〕扱衽曰襭　此四字底本誤奪，據諸本補。

漢　廣

　　《漢廣》，德廣所及也。文王之道被于南國，美化行乎江漢之域，無思犯禮，求而不可得也。[一]

　　[一] 紂時[一]，淫風偏于天下，維江漢之域，先受文王之教化。

南有喬木，不可休息。漢有游女，不可求思。[一]漢之廣矣，不可泳思。江之永矣，不可方思。[二]

　　[一] 興也。南方之木美。喬，上竦也。思，辭也。漢上游女，無求思者。
　　《箋》云：不可者，本有可道也。木以高其枝葉之故，故人不得就而止息也。興者，喻賢女雖出游流水之上，人無欲求犯礼者，亦由貞潔使之然。
　　[二] 潛行爲泳。永，長。方，泭也。
　　《箋》云：漢也、江也，其欲渡之者，必有潛行乘泭之道。今以廣長之故，故不可也。又喻女之貞潔，犯禮而往，將不至也。

翹翹錯薪，言刈其楚。[一]之子于歸，言秣其馬。[二]漢之廣矣，不可泳思。江之永矣，不可方思。

　　[一] 翹翹，薪貌。錯，雜也。

〔一〕 紂時　"紂"上，底本誤衍"箋云"二字，據諸本刪。

《箋》云：楚，雜薪之中尤翹翹者。我欲刈取之。以喻衆女皆貞潔，我又欲取其尤高潔者。

［二］秣，養也。六尺以上曰馬。

《箋》云：之子，是子也。謙不敢斥其適己，於是子之嫁，我願秣其馬，致礼餼，示有意焉。

翹翹錯薪，言刈其蔞。[一]之子于歸，言秣其駒。[二]漢之廣矣，不可泳思。江之永矣，不可方思。

［一］蔞，草中之翹翹然。
［二］五尺以上曰駒。

《漢廣》三章，章八句。

汝 墳

《汝墳》,道化行也。文王之化行乎汝墳之國,婦人能閔其君子,猶勉之以正也。[一]

[一]言此婦人被文王之化[一],厚事其君子。

遵彼汝墳,伐其條枚。[一]未見君子,惄如調飢[二]。[二]

[一]遵,循也。汝,水名也。墳,大防也。枝曰條,榦曰枚。

《箋》云:伐薪於汝水之側,非婦人之事。以言己之君子,賢者而處勤勞之職,亦非其事。

[二]惄,飢意也。調,朝也。

《箋》云:惄,思也。未見君子之時,如朝飢之思食。

遵彼汝墳,伐其條肄。[一]既見君子,不我遐棄。[二]

[一]肄,餘也。斬而復生曰肄。

[二]既,已。遐,遠也。

《箋》云:已見君子,君子反也。于已反得見之,知其不遠棄我而死亡,於思則愈,故下章而勉之。

〔一〕言此婦人被文王之化 "言"上,底本誤衍"箋云"二字,據諸本刪。
〔二〕惄如調飢 "飢",底本誤作"饑",據諸本改。下毛《傳》"飢意"、鄭《箋》"朝飢"同。

鲂魚赬尾，王室如燬。[一] 雖則如燬，父母孔邇。[二]

[一] 赬，赤也。魚勞則尾赤。燬，火也。

《箋》云：君子仕於亂世，其顏色瘦病，如魚勞則尾赤。所以然者，畏王室之酷烈。是時紂存。

[二] 孔，甚。邇，近也。

《箋》云：辟此勤勞之處，或時得罪。父母甚近，當念之以免於害，不能爲疎遠者計也。

《汝墳》三章，章四句。

麟 之 趾

《麟之趾》,《關雎》之應也。《關雎》之化行,則天下無犯非禮,雖衰世之公子,皆信厚如麟趾之時也。^[一]

[一]《關雎》之時〔一〕,以麟爲應。後世雖衰,猶存《關雎》之化者。君之宗族,猶尚振振然,有似麟應之時,無以過也。

麟之趾,振振公子。^[一]于嗟麟兮!^[二]

[一] 興也。趾,足也。麟信而應礼,以足至者也。振振,信厚也。
《箋》云:興者,喻今公子亦信厚,與礼相應,有似於麟。
[二] 于嗟,歎辭也。

麟之定,振振公姓。^[一]于嗟麟兮!

[一] 定,題也。公姓,公同姓。

麟之角,振振公族。^[一]于嗟麟兮!

[一] 麟角,所以表其德也。公族,公同祖也。
《箋》云:麟角之末有肉,示有武而不用。

〔一〕關雎之時 "關"上,底本誤衍 "箋云"二字,據諸本刪。

《麟之趾》三章，章三句。

<u>周</u>南之國十一篇，三十六章，百五十九句。

召南鵲巢詁訓傳第二

毛詩國風　　　　　鄭氏箋

鵲　巢

《鵲巢》，夫人之德也。國君積行累功，以致爵位。夫人起家而居有之，德如鳲鳩，乃可以配焉。[一]

[一] 起家而居有之[一]，謂嫁於諸侯也。夫人有均壹之德，如鳲鳩然，而後可配國君。

維鵲有巢，維鳩居之。[一] 之子于歸，百兩御之。[二]

[一] 興也。鳩，鳲鳩[二]，秸鞠也。鳲鳩不自爲巢，居鵲之成巢。
《箋》云：鵲之作巢，冬至架之，至春乃成。猶國君積行累功，故以興焉。興者，鳲鳩因鵲成巢而居有之，而有均壹之德，猶國君夫人來嫁，居君子之室，其德亦然[三]。室，燕寢也。

[二] 百兩，百乘也。諸侯之子嫁於諸侯，送御皆百乘。
《箋》云：之子，是子也。御，迎也。是如鳲鳩之子，其往嫁也，家人送之，良人迎之，車皆百乘，象有百官之盛。

〔一〕 起家而居有之　"起"上，底本誤衍"箋云"二字，據諸本刪。
〔二〕 鳲鳩　"鳩"，底本誤奪，據諸本補。
〔三〕 其德亦然　"其"，底本誤奪，足利本、阮刻本同，據殿本補。

維鵲有巢，維鳩方之。^[一]之子于歸，百兩將之。^[二]

[一] 方有之也。
[二] 將，送也〔一〕。

維鵲有巢，維鳩盈之。^[一]之子于歸，百兩成之。^[二]

[一] 盈，滿也。
《箋》云：滿者，言衆媵姪娣之多。
[二] 能成百兩之禮也。
《箋》云：是子有鳲鳩之德，宜配國君，故以百兩之禮送迎成之。

《鵲巢》三章，章四句。

〔一〕將送也　此三字底本誤奪，據諸本補。

采 蘩

《采蘩》,夫人不失職也。夫人可以奉祭祀,則不失職矣。[一]

[一]"奉祭祀"者〔一〕,采蘩之事也。"不失職"者,夙夜在公也。

于以采蘩,于沼于沚。[一] 于以用之,公侯之事。[二]

[一] 蘩,皤蒿也。于,於。沼,池。沚,渚也。公侯夫人執蘩菜以助祭,神饗德與信,不求備焉,沼沚谿澗之草,猶可以薦。王后則荇菜也。
《箋》云:于以,猶言往以也。執蘩菜者,以豆薦蘩菹。
[二] 之事,祭事也。
《箋》云:言夫人於君祭祀而薦此豆也。

于以采蘩,于澗之中。[一] 于以用之,公侯之宮。[二]

[一] 山夾水曰澗。
[二] 宮,廟也。

被之僮僮,夙夜在公。[一] 被之祁祁,薄言還歸。[二]

[一] 被,首飾也。僮僮,竦敬也〔二〕。夙,早也。

〔一〕 奉祭祀者 "奉"上,底本誤衍"箋云"二字,據諸本刪。
〔二〕 竦敬也 "竦",底本誤作"疎",據諸本改。

《箋》云：公，事也。早夜在事，謂視濯溉饎爨之事。《礼記》："主婦髲鬄。"

［二］祁祁，舒遲也。去事有儀也。

《箋》云：言，我也。祭事畢，夫人釋祭服而去髲鬄也，其威儀祁祁然而安舒，無罷倦之失。我還歸者，自廟反其燕寢。

《采蘩》三章，章四句。

草　蟲

《草蟲》，大夫妻能以禮自防也。

喓喓草蟲，趯趯阜螽。[一] 未見君子，憂心忡忡。[二] 亦既見止，亦既覯止，我心則降。[三]

> [一] 興也。喓喓，聲也。草蟲，常羊也。趯趯，躍也。阜螽，蠜也。卿大夫之妻待禮而行，隨從君子。
>
> 《箋》云：草蟲鳴，阜螽躍而從之。異種同類，猶男女嘉時以禮相求呼。
>
> [二] 忡忡，猶衝衝也。婦人雖適人，有歸宗之義。
>
> 《箋》云："未見君子"者，謂在塗時也。在塗而憂，憂不當君子，無以寧父母，故心衝衝然。是其不自絶於其族之情。
>
> [三] 止，辭也。覯，遇〔一〕。降，下也。
>
> 《箋》云：既見，謂已同牢而食也。既覯，謂已昏也。始者憂於不當，今君子待己以禮，庶自此可以寧父母，故心下也。《易》曰："男女覯精，萬物化生。"

陟彼南山，言采其蕨。[一] 未見君子，憂心惙惙。[二] 亦既見止，亦既覯止，我心則說。[三]

> [一] 南山，周南山也。蕨，鼈也。

〔一〕 覯遇　此二字底本誤奪，據諸本補。

《箋》云：言，我也，我采者。在塗而見采蘩，采者得其所欲得〔一〕，猶已今之行者欲得禮，以自喻也。

［二］惙惙，憂也。

［三］說，服也。

陟彼南山，言采其薇。[一] 未見君子，我心傷悲。[二] 亦既見止，亦既覯止，我心則夷。[三]

［一］薇，菜也。

［二］嫁女之家，不息火三日，思相離也〔二〕。

《箋》云：維父母思己，故己亦傷悲。

［三］夷，平也。

《草蟲》三章，章七句。

〔一〕采者得其所欲得 "得"，底本誤奪，據諸本補。
〔二〕思相離也 "思相"，底本誤倒，據諸本乙正。

采　蘋

《采蘋》，大夫妻能循法度也。能循法度，則可以承先祖，共祭祀矣。[一]

[一] 女子十年不出[一]，姆教婉娩聽從，執麻枲，治絲繭，織紝組紃，學女事以共衣服，觀於祭祀，納酒漿、籩豆、菹醢，禮相助奠。十有五而笄，二十而嫁。此言"能循法度"者，今既嫁爲大夫妻，能循其爲女之時所學所觀之事，以爲法度。

于以采蘋，南澗之濱。于以采藻，于彼行潦。[一]

[一] 蘋，大萍也。濱，厓也。藻，聚藻也。行潦，流潦也。
《箋》云："古者，婦人先嫁三月，祖廟未毀，教于公宮；祖廟既毀，教于宗室。教以婦德、婦言、婦容、婦功。教成之祭，牲用魚，芼用蘋、藻，所以成婦順也。"此祭，祭女所出祖也[二]。法度莫大於四教，是又祭以成之，故舉以言焉。蘋之言賓也。藻之言澡也。婦人之行，尚柔順，自潔清，故取名以爲戒。

于以盛之，維筐及筥。于以湘之，維錡及釜。[一]

[一] 方曰筐，圓曰筥。湘，亨也。錡，釜屬。有足曰錡，無足曰釜。

〔一〕 女子十年不出　"女"上，底本誤衍"箋云"二字，據諸本刪。
〔二〕 祭女所出祖也　"祭"，底本誤奪，據五山本、相臺本、阮元《校勘記》補。

《箋》云：亨蘋藻者，於魚湆之中，是鉶羹之芼。

于以奠之，宗室牖下。[一] 誰其尸之？有齊季女。[二]

[一] 奠，置也。宗室，大宗之廟也。大夫、士祭於宗廟，奠於牖下。

《箋》云：牖下，戶牖間之前。祭不於室中者，凡昏事，於女禮設几筵於戶外，此其義也與？宗子主此祭，維君使有司爲之。

[二] 尸，主。齊，敬。季，少也。蘋、藻，薄物也。澗、潦，至質也。筐、筥、錡、釜，陋器也。少女，微主也。古之將嫁女者，必先禮之於宗室，牲用魚，芼之以蘋、藻。

《箋》云：主設羹者季女，則非禮也。女將行，父禮之而俟迎者，蓋母薦之，無祭事也。祭禮[一]，主婦設羹。教成之祭，更使季女者，成其婦禮也。季女不主魚。魚，俎實，男子設之，其粢盛蓋以黍稷。

《采蘋》三章，章四句[二]。

[一] 祭禮 "禮"，底本誤作"事"，足利本、殿本同，據五山本、相臺本、阮元《校勘記》改。

[二] 章四句 "四"，底本誤奪，據諸本補。

甘　棠

《甘棠》，美召伯也。召伯之教，明於南國。[一]

[一] 召伯[一]，姬姓，名奭，食采於召，作上公，爲二伯，後封於燕。此美其爲伯之功，故言"伯"云。

蔽芾甘棠，勿翦勿伐，召伯所茇。[一]

[一] 蔽芾，小貌。甘棠，杜也。翦，去。伐，擊也。
《箋》云：茇，草舍也。召伯聽男女之訟，不重煩勞百姓，止舍小棠之下而聽斷焉。國人被其德，説其化，思其人，敬其樹。

蔽芾甘棠，勿翦勿敗，召伯所憩。[一]

[一] 憩，息也。

蔽芾甘棠，勿翦勿拜，召伯所説。[一]

[一] 説，舍也。
《箋》云：拜之言拔也。

《甘棠》三章，章三句。

〔一〕召伯　"召"上，底本誤衍"箋云"二字，據諸本刪。

行　露

《行露》，召伯聽訟也。衰亂之俗微〔一〕，貞信之教興，彊暴之男不能侵陵貞女也。[一]

> [一] "衰亂之俗微〔二〕，貞信之教興"者，此殷之末世，周之盛德，當文王與紂之時。

厭浥行露，豈不夙夜？謂行多露。[一]

> [一] 興也。厭浥，濕意也。行，道也。豈不，言有是也。
> 《箋》云：夙，早也。厭浥然濕。道中始有露，謂二月中，嫁取時也。言我豈不知當早夜成昏禮與？謂道中之露大多，故不行耳。今彊暴之男，以此多露之時，禮不足而強來，不度時之可否，故云然。《周禮》，仲春之月，令會男女之無夫家者，行事必以昏昕。

誰謂雀無角，何以穿我屋？誰謂女無家，何以速我獄？[一]雖速我獄，室家不足。[二]

> [一] 不思物變而推其類，雀之穿屋，似有角者。速，召。獄，埆也。

〔一〕 衰亂之俗微　"亂"，底本誤作"世"，據諸本改。
〔二〕 衰亂之俗微　"衰"上，底本誤衍"箋云"二字，據諸本刪。

《箋》云：女，女彊暴之男。變，異也。人皆謂雀之穿屋，似有角。彊暴之男召我而獄，似有室家之道於我也。物有似而不同，雀之穿屋，不以角，乃以咮。今彊暴之男召我而獄，不以室家之道於我，乃以侵陵。物與事有似而非者，士師所當審也。

［二］昏礼，紂帛不過五兩〔一〕。

《箋》云：幣可備也。室家不足，謂媒妁之言不和，六禮之來强委之。

誰謂鼠無牙，何以穿我墉？誰謂女無家，何以速我訟？［一］雖速我訟，亦不女從。［二］

［一］墉，牆也。視牆之穿，推其類，可謂鼠有牙。
［二］不從，終不棄禮而隨此彊暴之男。

《行露》三章，一章三句，二章章六句。

〔一〕 紂帛不過五兩　"紂"，底本誤作"財"，足利本、五山本、相臺本、阮刻本誤作"純"，據殿本、阮元《校勘記》改。

羔 羊

《羔羊》,《鵲巢》之功致也。召南之國,化文王之政,在位皆節儉正直,德如羔羊也。[一]

> [一]《鵲巢》之君[一],積行累功,以致此《羔羊》之化[二]。在位卿大夫競相切化[三],皆如此《羔羊》之人。

羔羊之皮,素絲五紽。[一] 退食自公,委蛇委蛇。[二]

> [一] 小曰羔,大曰羊。素,白也。紽,數也。古者,素絲以英裘,不失其制。大夫羔裘以居。
> [二] 公,公門也。委蛇,行可從迹也。
> 《箋》云:退食,謂減膳也。自,從也。從於公,謂正直順于事也。委蛇,委曲自得之貌。節儉而順,心志定,故可自得也。

羔羊之革,素絲五緎。[一] 委蛇委蛇,自公退食。[二]

> [一] 革,猶皮也。緎,縫也。
> [二]《箋》云:自公退食,猶"退食自公"。

〔一〕 鵲巢之君 "鵲"上,底本誤衍"箋云"二字,據諸本刪。
〔二〕 以致此羔羊之化 "此",底本誤奪,據諸本補。
〔三〕 在位卿大夫競相切化 "夫",底本誤奪,據諸本補。

羔羊之縫,素絲五總。[一]委蛇委蛇,退食自公。

[一]縫,言縫殺之大小得其制。總,數也。

《羔羊》三章,章四句。

殷 其 靁

　　《殷其靁》，勸以義也。召南之大夫遠行從政，不遑寧處。其室家能閔其勤勞，勸以義也。[一]

　　[一] 召南大夫[一]，召伯之屬。遠行，謂使出邦畿。

殷其靁，在南山之陽。[一]何斯違斯，莫敢或遑？[二]振振君子，歸哉歸哉？[三]

　　[一] 殷，靁聲也[二]。山南曰陽。靁出地奮，震驚百里。山出雲雨，以潤天下。

　　《箋》云：靁，以喻號令。於南山之陽，又喻其在外也。召南大夫以王命施號令於四方[三]，猶靁殷殷然發聲於山之陽也。

　　[二] 何此君子也。斯，此。違，去。遑，暇也。

　　《箋》云：何乎此君子，適居此，復去此，轉行遠從事於王所命之方，無敢或閒暇時？閔其勤勞。

　　[三] 振振，信厚也。

　　《箋》云：大夫信厚之君子，爲君使，功未成。歸哉歸哉，勸以爲臣之義，未得歸也。

殷其靁，在南山之側。[一]何斯違斯，莫敢遑息？[二]振振

〔一〕 召南大夫 "召"上，底本誤衍"箋云"二字，據諸本刪。
〔二〕 靁聲也 "靁"，底本誤作"雷"，據諸本改。
〔三〕 召南大夫以王命施號令於四方 "方"，底本誤作"犺"，據諸本改。

君子，歸哉歸哉？

　　［一］亦在其陰與左右也。
　　［二］息，止也。

殷其靁，在南山之下。^[一]何斯違斯，莫或遑處？^[二]振振君子，歸哉歸哉？

　　［一］或在其下。
　　《箋》云：下，謂山足。
　　［二］處，居也〔一〕。

　　《殷其靁》三章，章六句。

〔一〕 處居也　此三字底本誤奪，據諸本補。

摽 有 梅

　《摽有梅》，男女及時也。召南之國，被文王之化，男女得以及時也。

摽有梅，其實七兮。[一] 求我庶士，迨其吉兮。[二]

　[一] 興也。摽，落也。盛極則隋落者，梅也，尚在樹者七。
　《箋》云：興者，梅實尚餘七未落，喻始衰也。謂女二十，春盛而不嫁，至夏則衰。
　[二] 吉，善也。
　《箋》云：我，我當嫁者。庶，衆。迨，及也。求女之當嫁者之衆士，宜及其善時。善時，謂年二十，雖夏，未大衰。

摽有梅，其實三兮。[一] 求我庶士，迨其今兮。[二]

　[一] 在者三也。
　《箋》云：此夏鄉晚，梅之隋落差多，在者餘三耳。
　[二] 今，急辭也。

摽有梅，頃筐墍之。[一] 求我庶士，迨其謂之。[二]

　[一] 墍，取也。
　《箋》云：頃筐取之，謂夏已晚，頃筐取之於地。
　[二] 不待備禮也。三十之男，二十之女，禮未備，則不待禮會而

行之者，所以蕃育民人也〔一〕。

《箋》云：謂，勤也。女年二十而無嫁端，則有勤望之憂。"不待禮會而行之"者，謂明年仲春，不待以禮會之也。時禮雖不備，相奔不禁。

《摽有梅》三章，章四句。

〔一〕 所以蕃育民人也 "民人"，底本誤倒，殿本同，據足利本、五山本、相臺本、阮刻本乙正。

小　星

《小星》,惠及下也。夫人無妬忌之行,惠及賤妾,進御於君,知其命有貴賤,能盡其心矣。[一]

[一] 以色曰妬[一],以行曰忌。命,謂禮命貴賤。

嘒彼小星,三五在東。[一]肅肅宵征,夙夜在公,寔命不同。[二]

[一] 嘒,微貌。小星,衆無名者。三,心。五,噣。四時更見。
《箋》云:衆無名之星,隨心、噣在天,猶諸妾隨夫人以次序進御於君也。心在東方,三月時也。噣在東方,正月時也。如是終歲,列宿更見。
[二] 肅肅,疾貌。宵,夜。征,行。寔,是也。命不得同於列位也。
《箋》云:夙,早也。謂諸妾肅肅然夜行,或早或夜,在於君所,以次序進御者,是其禮命之數不同也。凡妾御於君,不當夕。

嘒彼小星,維參與昴。[一]肅肅宵征,抱衾與裯,寔命不猶。[二]

[一] 參,伐也。昴,留也。

―――――――
〔一〕 以色曰妬　"以"上,底本誤衍"箋云"二字,據諸本刪。

《箋》云：此言衆無名之星，亦隨伐、留在天。

［二］衾，被也。裯，襌被也。猶，若也。

《箋》云：裯，牀帳也。諸妾夜行，抱衾與牀帳，待進御之次序。不若，亦言尊卑異也。

《小星》二章，章五句。

江 有 汜

　　《江有汜》，美媵也。勤而無怨，嫡能悔過也。文王之時，江沱之間，有嫡不以其媵備數。媵遇勞而無怨，嫡亦自悔也。〔一〕

　　[一] 勤者〔一〕，以己宜媵而不得，心望之。

江有汜。〔一〕之子歸，不我以。不我以，其後也悔。〔二〕

　　[一] 興也。決復入爲汜。
　　《箋》云：興者，喻江水大，汜水小，然得並流，似嫡媵宜俱行。
　　[二] 嫡能自悔也。
　　《箋》云：之子，是子也；是子，謂嫡也。婦人謂嫁曰歸。以，猶與也。

江有渚。〔一〕之子歸，不我與。不我與，其後也處。〔二〕

　　[一] 渚，小洲也。水岐成渚〔二〕。
　　《箋》云：江水流而渚留，是嫡與己異心，使己獨留不行。
　　[二] 處，止也。
　　《箋》云：嫡悔過自止。

〔一〕 勤者 "勤"上，底本誤衍"箋云"二字，據諸本刪。
〔二〕 水岐成渚 "岐"，底本誤作"枝"，殿本同，據足利本、五山本、相臺本、阮刻本改。

江有沱。^[一]之子歸，不我過。不我過，其嘯也歌。^[二]

[一] 沱，江之別者。
《箋》云：岷山道江，東別爲沱。
[二]《箋》云〔一〕：嘯，蹙口而出聲。嫡有所思而爲之，既覺自悔而歌。歌者，言其悔過，以自解説也。

《江有汜》三章，章五句。

〔一〕 箋云　此二字底本誤奪，據諸本補。

野有死麕

　　《野有死麕》,惡無禮也。天下大亂,彊暴相陵,遂成淫風。被文王之化,雖當亂世,猶惡無禮也。[一]

　　[一]無禮者[一],為不由媒妁,鴈幣不至,劫脅以成昏。謂紂之世。

野有死麕,白茅包之。[一]有女懷春,吉士誘之。[二]

　　[一]郊外曰野。包,裹也。凶荒則殺禮,猶有以將之。野有死麕,群田之,獲而分其肉。白茅,取潔清也。
　　《箋》云：亂世之民貧,而彊暴之男,多行無禮,故貞女之情,欲令人以白茅裹束野中田者所分麕肉[二],為禮而來。
　　[二]懷,思也。春,不暇待秋也。誘,道也。
　　《箋》云：有貞女思仲春以禮與男會,吉士使媒人道成之。疾時無禮而言然。

林有樸樕,野有死鹿,白茅純束。[一]有女如玉。[二]

　　[一]樸樕,小木也。野有死鹿,廣物也。純束,猶包之也。
　　《箋》云：樸樕之中及野有死鹿,皆可以白茅裹束以為禮[三]。廣可

〔一〕無禮者　"無"上,底本誤衍"箋云"二字,據諸本刪。
〔二〕欲令人以白茅裹束野中田者所分麕肉　"令",底本誤作"今",據諸本改。
〔三〕皆可以白茅裹束以為禮　"裹"上,底本誤衍"包"字,足利本、阮刻本同,據五山本、相臺本、殿本、阮元《校勘記》改。

58

用之物，非獨麕也。純，讀如屯。

［二］德如玉也。

《箋》云："如玉"者，取其堅而潔白。

舒而脱脱兮。^{［一］}無感我帨兮。^{［二］}無使尨也吠。^{［三］}

［一］舒，徐也。脱脱，舒遲也〔一〕。

《箋》云：貞女欲吉士以禮來，脱脱然舒也。又疾時無禮，彊暴之男相劫脅〔二〕。

［二］感，動也。帨，佩巾也。

《箋》云：奔走失節，動其佩飾〔三〕。

［三］尨，狗也。非禮相陵，則狗吠。

《野有死麕》三章，二章章四句，一章三句。

〔一〕 舒遲也 "遲"，底本誤作"遟"，逕改。
〔二〕 彊暴之男相劫脅 "相"，底本誤奪，據諸本補。
〔三〕 動其佩飾 "飾"，底本誤作"巾"，阮刻本同，據足利本、五山本、相臺本、殿本改。

何彼襛矣

《何彼襛矣》，美王姬也。雖則王姬，亦下嫁於諸侯，車服不繫其夫，下王后一等，猶執婦道，以成肅雝之德也。[一]

[一] 下王后一等[一]，謂車乘厭翟，勒面繢總，服則褕翟。

何彼襛矣，唐棣之華。[一] 曷不肅雝？王姬之車。[二]

[一] 興也。襛，猶戎戎也。唐棣，栘也。
《箋》云：何乎彼戎戎者，乃栘之華。興者，喻王姬顏色之美盛。
[二] 肅，敬。雝，和。
《箋》云：曷，何。之，往也。何不敬和乎？王姬往乘車也。言其嫁時，始乘車，則已敬和。

何彼襛矣，華如桃李。平王之孫，齊侯之子。[一]

[一] 平，正也。武王女，文王孫，適齊侯之子。
《箋》云："華如桃李"者，興王姬與齊侯之子顏色俱盛。正王者，德能正天下之王[二]。

其釣維何？維絲伊緡。齊侯之子，平王之孫。[一]

〔一〕 下王后一等 "下"上，底本誤衍"箋云"二字，據諸本刪。
〔二〕 德能正天下之王 "王"，底本誤作"士"，據足利本、相臺本、殿本、阮刻本改。

[一] 伊，維。緡，綸也。

《箋》云：釣者以此有求於彼，何以爲之乎？以絲之爲綸，則是善釣也。以言王姬與齊侯之子，以善道相求。

《何彼襛矣》三章，章四句。

騶　　虞

《騶虞》，《鵲巢》之應也。《鵲巢》之化行，人倫既正，朝廷既治，天下純被文王之化，則庶類蕃殖，蒐田以時，仁如騶虞，則王道成也。〔一〕

〔一〕應者，應德自遠而至。

彼茁者葭，〔一〕壹發五豝。〔二〕于嗟乎騶虞！〔三〕

〔一〕茁，出也。葭，蘆也。
《箋》云：記蘆始出者，著春田之早晚。
〔二〕豕牝曰豝。虞人翼五豝，以待公之發。
《箋》云：君射一發而翼五豝者，戰禽獸之命〔一〕。必戰之者，仁心之至。
〔三〕騶虞，義獸也，白虎黑文，不食生物，有至信之德，則應之。
《箋》云：于嗟者，美之也。

彼茁者蓬，〔一〕壹發五豵。〔二〕于嗟乎騶虞！

〔一〕蓬，草名也。
〔二〕一歲曰豵。
《箋》云：豕生三曰豵。

〔一〕戰禽獸之命　"戰禽"，底本誤倒，據諸本乙正。

《騶虞》二章,章三句。

召南之國十四篇,四十章,百七十七句。

毛詩卷第二

毛詩卷第二

邶柏舟詁訓傳第三

毛詩國風　　　　　　鄭氏箋

柏　舟

《柏舟》，言仁而不遇也。衞頃公之時，仁人不遇，小人在側。[一]

[一] 不遇者，君不受己之志也。君近小人，則賢者見侵害。

汎彼柏舟，亦汎其流。[一] 耿耿不寐，如有隱憂。[二] 微我無酒，以敖以遊。[三]

[一] 興也。汎汎，流皃。柏，木所以宜爲舟也。亦汎汎其流，不以濟渡也。
《箋》云：舟，載渡物者。今不用〔一〕，而與衆物汎汎然俱流水中。興者，喻仁人之不見用，而與群小人並列，亦猶是也。
[二] 耿耿，猶儆儆也。隱，痛也。
《箋》云：仁人既不遇，憂在見侵害。

〔一〕 今不用 "用"，底本誤作 "同"，據諸本改。

[三] 非我無酒，可以敖遊忘憂也。

我心匪鑒，不可以茹。[一] 亦有兄弟，不可以據。[二] 薄言往愬，逢彼之怒。[三]

    [一] 鑒，所以察形也。茹，度也。
    《箋》云：鑒之察形，但知方圓白黑，不能度其真僞。我心非如是鑒，我於衆人之善惡外内，心度知之。
    [二] 據，依也。
    《箋》云：兄弟至親，當相據依。言亦有不相據依，以爲是者希耳。責之以兄弟之道，謂同姓臣也。
    [三] 彼，彼兄弟。

我心匪石，不可轉也。我心匪席，不可卷也。[一] 威儀棣棣，不可選也。[二]

    [一] 石雖堅，尚可轉。席雖平，尚可卷。
    《箋》云：言己心志堅平，過於石、席。
    [二] 君子望之儼然可畏，禮容俯仰，各有威儀耳。棣棣，富而閑習也。物有其容，不可數也。
    《箋》云：稱己威儀如此者，言己德備而不遇，所以慍也。

憂心悄悄，慍于群小。[一] 覯閔既多，受侮不少。[二] 靜言思之，寤辟有摽[一]。[三]

〔一〕 寤辟有摽 "辟"，五山本作"擘"，足利本、相臺本、殿本、阮刻本作"辟"。下毛《傳》"辟，拊心也"同。

［一］慍，怒也。悄悄，憂皃。

《箋》云：群小，衆小人在君側者。

［二］閔，病也。

［三］靜，安也。擗，拊心也。摽，拊心皃。

《箋》云：言，我也。

日居月諸，胡迭而微？^{［一］}心之憂矣，如匪澣衣。^{［二］}靜言思之，不能奮飛。^{［三］}

［一］《箋》云：日，君象也。月，臣象也。微，謂虧傷也。君道當常明如日，而月有虧盈。今君失道，而任小人，大臣專恣，則日如月然。

［二］如衣之不澣矣。

《箋》云：衣之不澣，則憤辱無照察。

［三］不能如鳥奮翼而飛去。

《箋》云：臣不遇於君，猶不忍去，厚之至也。

《柏舟》五章，章六句。

綠　衣

　　《綠衣》，衞莊姜傷己也。妾上僭，夫人失位，而作是詩也。[一]

　　[一] 綠，當爲褖[一]。故作"褖"，轉作"綠"，字之誤也。莊姜，莊公夫人，齊女，姓姜氏。"妾上僭"者，謂公子州吁之母。母嬖而州吁驕。

綠兮衣兮，綠衣黃裏。[一] 心之憂矣，曷維其已？[二]

　　[一] 興也。綠，間色；黃，正色。
　　《箋》云："褖兮衣兮"者，言褖衣自有礼制也。諸侯夫人祭服之下，鞠衣爲上，展衣次之，褖衣次之。次之者，衆妾亦以貴賤之等服之。鞠衣黃，展衣白，褖衣黑，皆以素紗爲裏。今褖衣反以黃爲裏，非其礼制也，故以喻妾上僭。
　　[二] 憂雖欲自止，何時能止也？

綠兮衣兮，綠衣黃裳。[一] 心之憂矣，曷維其亡？[二]

　　[一] 上曰衣，下曰裳。
　　《箋》云：婦人之服，不殊衣裳，上下同色。今衣黑而裳黃，喻亂嫡妾之礼。

〔一〕當爲褖 "爲"，底本誤作"嫣"，據諸本改。

［二］《箋》云：亡之言忘也。

綠兮絲兮，女所治兮。^[一]我思古人，俾無訧兮。^[二]

［一］綠，末也〔一〕；絲，本也。

《箋》云：女，女妾上僭者。先染絲，後制衣，皆女之所治爲也〔二〕，而女反亂之，亦喻亂嫡妾之禮，責以本末之行。禮，大夫以上衣織，故本於絲也。

［二］俾，使。訧，過也。

《箋》云：古人，謂制禮者。我思此人定尊卑，使人無過差之行，心善之也。

絺兮綌兮，淒其以風。^[一]我思古人，實獲我心。^[二]

［一］淒，寒風也。

《箋》云：絺綌，所以當暑。今以待寒，喻其失所也。

［二］古之君子，實得我之心也。

《箋》云：古之聖人制禮者，使夫婦有道，妻妾貴賤各有次序。

《綠衣》四章，章四句。

〔一〕末也 "末"，底本誤作"未"，據諸本改。
〔二〕皆女之所治爲也 "皆"，底本誤作"衣"，據諸本改。

燕　燕

《燕燕》,衞莊姜送歸妾也。[一]

[一] 莊姜無子,陳女戴嬀生子,名完,莊姜以爲己子。莊公薨,完立,而州吁殺之[一],戴嬀於是大歸。莊姜遠送之于野,作詩見己志。

燕燕于飛,差池其羽。[一]之子于歸,遠送于野。[二]瞻望弗及,泣涕如雨。[三]

[一] 燕燕,鳦也。燕之于飛,必差池其羽。
《箋》云:差池其羽,謂張舒其尾翼。興戴嬀將歸,顧視其衣服。
[二] 之子,去者也。歸,歸宗也。遠送,過禮。于,於也。郊外曰野。
《箋》云:婦人之禮,送迎不出門。今我送是子,乃至于野者,舒己憤,盡己情。
[三] 瞻,視也。

燕燕于飛,頡之頏之。[一]之子于歸,遠于將之。[二]瞻望弗及,佇立以泣。[三]

[一] 飛而上曰頡[二],飛而下曰頏。
《箋》云:頡頏,興戴嬀將歸,出入前卻。

〔一〕 而州吁殺之 "吁",底本誤作"呼",據諸本改。
〔二〕 飛而上曰頡 "而",底本誤作"在",據諸本改。

〔二〕將,行也。
《箋》云:將,亦送也。
〔三〕佇立,久立也。

燕燕于飛,下上其音[一]。[一]之子于歸,遠送于南。[二]瞻望弗及,實勞我心。[三]

〔一〕飛而上曰上音,飛而下曰下音。
《箋》云:下上其音,興戴媯將歸,言語感激,聲有小大也。
〔二〕陳在衛南。
〔三〕實,是也。

仲氏任只,其心塞淵。[一]終溫且惠,淑慎其身。[二]先君之思,以勖寡人。[三]

〔一〕仲,戴媯字也。任,大。塞,瘞。淵,深也。
《箋》云:任者,以恩相親信也。《周禮》六行:"孝、友、睦、姻、任、恤。"
〔二〕惠,順也。
《箋》云:溫,謂顏色和也。淑,善也。
〔三〕勖,勉也。
《箋》云:戴媯思先君莊公之故,故將歸,猶勸勉寡人以礼義。寡人,莊姜自謂也。

《燕燕》四章,章六句。

―――――

〔一〕下上其音 "下上",底本誤倒,據諸本乙正。下鄭《箋》"下上其音"同。

日　月

　　《日月》，衞莊姜傷己也。遭州吁之難，傷己不見答於先君，以至困窮之詩也。

日居月諸，照臨下土。[一] 乃如之人兮，逝不古處。[二] 胡能有定？寧不我顧。[三]

　　[一] 日乎月乎，照臨之也。
　　《箋》云：日月，喻國君與夫人也。當同德齊意以治國者，常道也。
　　[二] 逝，逮。古，故也。
　　《箋》云：之人，是人也，謂莊公也。其所以接及我者，不以故處，甚違其初時。
　　[三] 胡，何。定，止也。
　　《箋》云：寧，猶曾也。君之行如是，何能有所定乎？曾不顧念我之言，是其所以不能定完也。

日居月諸，下土是冒。[一] 乃如之人兮，逝不相好。[二] 胡能有定？寧不我報。[三]

　　[一] 冒，覆也。
　　《箋》云：覆，猶照臨也。
　　[二] 不及我以相好。
　　《箋》云：其所以接及我者，不以相好之恩情，甚於己薄也。

［三］盡婦道而不得報。

日居月諸，出自東方。^[一]乃如之人兮，德音無良。^[二]胡能有定，俾也可忘？^[三]

 ［一］日始、月盛，皆出東方。
 《箋》云：自，從也。言夫人當盛之時，與君同位。
 ［二］音，聲。良，善也。
 《箋》云：無善恩意之聲語於我也。
 ［三］《箋》云：俾，使也。君之行如此，何能有所定，使是無良可忘也？

日居月諸，東方自出。父兮母兮，畜我不卒。^[一]胡能有定？報我不述。^[二]

 ［一］《箋》云：畜，養。卒，終也。"父兮母兮"者，言己尊之如父，又親之如母，乃反養遇我不終也。
 ［二］述，循也。
 《箋》云：不循，不循禮也。

《日月》四章，章六句。

終　風

　　《終風》,衞莊姜傷己也。遭州吁之暴,見侮慢而不能正也。[一]

　　[一] 正,猶止也。

終風且暴,顧我則笑。[一] 謔浪笑敖[一],[二] 中心是悼。[三]

　　[一] 興也。終日風爲終風。暴,疾也。笑,侮之也。
　　《箋》云:旣竟日風矣,而又暴疾。興者,喻州吁之爲不善,如終風之無休止,而其間又有甚惡。其在莊姜之旁,視莊姜則反笑之,是無敬心之甚。
　　[二] 言戲謔不敬。
　　[三] 《箋》云:悼者,傷其如是,然而己不能得而止之。

終風且霾,[一] 惠然肯來。[二] 莫往莫來,悠悠我思。[三]

　　[一] 霾,雨土也。
　　[二] 言時有順心也。
　　《箋》云:肯,可也。有順心,然後可以來至我旁,不欲見其戲謔。
　　[三] 人無子道以來事己,己亦不得以母道往加之。

〔一〕 謔浪笑敖 "敖",底本誤作"傲",據諸本改。

《箋》云：我思其如是，心悠悠然。

終風且曀，不日有曀。^[一] 寤言不寐，願言則嚏。^[二]

[一] 陰而風曰曀。

《箋》云：有，又也。既竟日風，且復曀，不見日矣，而又曀者，喻州吁閽亂甚也。

[二] 嚏，跲也。

《箋》云：言，我。願，思也。嚏，讀當爲"不敢嚏咳"之"嚏"。我其憂悼而不能寐，女思我心如是，我則嚏也。今俗，人嚏，云："人道我。"此古之遺語也。

曀曀其陰，^[一] 虺虺其靁。^[二] 寤言不寐，願言則懷。^[三]

[一] 如常陰曀曀然。

[二] 暴若震靁之聲虺虺然。

[三] 懷，傷也。

《箋》云：懷，安也。女思我心如是，我則安也。

《終風》四章，章四句。

擊 鼓

　　《擊鼓》，怨州吁也。衞州吁用兵暴亂，使公孫文仲將而平陳與宋，國人怨其勇而無禮也。[一]

> [一] 將者，將兵以伐鄭也。平，成也。將伐鄭，先告陳與宋，以成其伐事。《春秋傳》曰："宋殤公之即位也，公子馮出奔鄭，鄭人欲納之。及衞州吁立，將修先君之怨於鄭，而求寵於諸侯，以和其民。使告於宋曰：'君若伐鄭，以除君害，君為主，敝邑以賦與陳、蔡從，則衞國之願也。'宋人許之。於是陳、蔡方睦於衞，故宋公、陳侯、蔡人、衞人伐鄭。"是也。伐鄭，在魯隱四年。

擊鼓其鏜，踊躍用兵。[一] 土國城漕，我獨南行。[二]

> [一] 鏜然擊鼓聲也。使衆皆踊躍用兵也。
> 《箋》云：此用兵，謂治兵時。
> [二] 漕，衞邑也。
> 《箋》云：此言衆民皆勞苦也，或役土功於國，或修理漕城。而我獨見使從軍，南行伐鄭，是尤勞苦之甚。

從孫子仲，平陳與宋。[一] 不我以歸，憂心有忡。[二]

> [一] 孫子仲，謂公孫文仲也。平陳與宋。
> 《箋》云：子仲，字也。平陳與宋，謂使告宋曰："君為主，敝邑

以賦與陳、蔡從。"

［二］憂心忡忡然。

《箋》云：以，猶與也。與我南行，不與我歸期。兵，凶事，懼不得歸，豫憂之。

爰居爰處，爰喪其馬。^{［一］}于以求之，于林之下。^{［二］}

［一］有不還者，有亡其馬者。

《箋》云：爰，於也。不還，謂死也、傷也、病也。今於何居乎？於何處乎？於何喪其馬乎？

［二］山木曰林。

《箋》云：于，於也。求不還者及亡其馬者，當於山林之下。軍行必依山林，求其故處，近得之。

死生契闊，與子成說。^{［一］}執子之手，與子偕老。^{［二］}

［一］契闊，勤苦也。說，數也。

《箋》云：從軍之士與其伍約：死也生也，相與處勤苦之中，我與子成相說愛之恩。志在相存救也。

［二］偕，俱也。

《箋》云：執其手，與之約誓，示信也。言俱老者，庶幾俱免於難。

于嗟闊兮，不我活兮。^{［一］}于嗟洵兮，不我信兮。^{［二］}

［一］不與我生活也。

《箋》云：州吁阻兵安忍，阻兵無衆，安忍無親，衆叛親離。軍士棄其約，離散相遠，故吁嗟歎之：闊兮，女不與我相救活。傷之。

[二] 洵，遠。信，極也。

《箋》云：歎其棄約，不與我相親信。亦傷之。

《擊鼓》五章，章四句。

凱　風

　　《凱風》，美孝子也。衛之淫風流行，雖有七子之母，猶不能安其室，故美七子能盡其孝道，以慰其母心，而成其志爾。[一]

　　[一]"不安其室"，欲去嫁[一]。"成其志"者，成言孝子自責之意。

凱風自南，吹彼棘心。[一] 棘心夭夭，母氏劬勞。[二]

　　[一]興也。南風謂之凱風，樂夏之長養。棘，難長養者。
　　《箋》云：興者，以凱風喻寬仁之母。棘，猶七子也。
　　[二]夭夭，盛貌。劬勞，病苦也。
　　《箋》云：夭夭，以喻七子少長，母養之病苦也。

凱風自南，吹彼棘薪。[一] 母氏聖善，我無令人。[二]

　　[一]棘薪，其成就者。
　　[二]聖，叡也。
　　《箋》云：叡作聖。令，善也。母乃有叡知之善德，我七子無善人能報之者，故母不安我室，欲去嫁也。

爰有寒泉，在浚之下。[一] 有子七人，母氏勞苦。

〔一〕欲去嫁　"嫁"下，諸本有"也"字。

[一] 浚,衛邑也。在浚之下,言有益於浚。

《箋》云:爰,曰也。曰有寒泉者,在浚之下,浸潤之,使浚之民逸樂,以興七子不能如也。

睍睆黃鳥,載好其音。[一] 有子七人,莫慰母心。[二]

[一] 睍睆,好貌。

《箋》云:睍睆,以興顏色說也。好其音者,興其辭令順也。以言七子不能如也。

[二] 慰,安也。

《凱風》四章,章四句。

雄 雉

　　《雄雉》，刺衛宣公也。淫亂不恤國事，軍旅數起，大夫久役，男女怨曠，國人患之，而作是詩。[一]

　　[一] 淫亂者，荒放於妻妾，烝於夷姜之等。國人久處軍役之事，故男多曠、女多怨也。男曠而苦其事，女怨而望其君子。

雄雉于飛，泄泄其羽。[一] 我之懷矣，自詒伊阻。[二]

　　[一] 興也。雄雉見雌雉，飛而鼓其翼泄泄然。
　　《箋》云：興者，喻宣公整其衣服而起，奮訊其形皃，志在婦人而已，不恤國之政事。
　　[二] 詒，遺。伊，維。阻，難也。
　　《箋》云：懷，安也。伊，當作"繄"；繄，猶是也。君之行如是〔一〕，我安其朝而不去。今從軍旅，久役不得歸，此自遺以是患難。

雄雉于飛，下上其音。[一] 展矣君子，實勞我心。[二]

　　[一]《箋》云：下上其音，興宣公小大其聲，怡悅婦人。
　　[二] 展，誠也。
　　《箋》云：誠矣君子，愬於君子也。君之行如是，實使我心勞矣。

〔一〕 君之行如是 "如"，底本誤作"女"，據諸本改。

君若不然,則我無軍役之事。

瞻彼日月,悠悠我思。[一]道之云遠,曷云能來?[二]

[一] 瞻,視也。

《箋》云:視日月之行,迭往迭來。今君子獨久行役而不來,使我心悠悠然思之。女怨之辭。

[二]《箋》云:曷,何也。何時能來,望之也。

百爾君子,不知德行。[一]不忮不求,何用不臧?[二]

[一]《箋》云:爾,女也,女衆君子。我不知人之德行何如者,可謂爲德行,而君或有所留。女怨,故問此焉。

[二] 忮,害。臧,善也。

《箋》云:我君子之行,不疾害,不求備於一人。其行何用爲不善,而君獨遠使之在外,不得來歸?亦女怨之辭。

《雄雉》四章,章四句。

匏有苦葉

《匏有苦葉》，刺衞宣公也。公與夫人並爲淫亂。[一]

[一] 夫人，謂夷姜。

匏有苦葉，濟有深涉。[一] 深則厲，淺則揭。[二]

[一] 興也。匏謂之瓠。瓠葉苦，不可食也。濟，渡也。由膝以上爲涉。

《箋》云：瓠葉苦，而渡處深，謂八月之時，陰陽交會，始可以爲昏禮，納采、問名。

[二] 以衣涉水爲厲，謂由帶以上也。揭，褰衣也。遭時制宜，如遇水深則厲，淺則揭矣。男女之際，安可以無禮義？將無以自濟也。

《箋》云：既以深淺記時，因以水深淺，喻男女之才性賢與不肖，及長幼也，各順其人之宜，爲之求妃耦。

有瀰濟盈，有鷕雉鳴。[一] 濟盈不濡軌，雉鳴求其牡。[二]

[一] 瀰，深水也。盈，滿也。深水，人之所難也。鷕，雌雉聲也[一]。衞夫人有淫泆之志，授人以色，假人以辭，不顧禮義之難，至使宣公有淫昏之行。

〔一〕 雌雉聲也 "雉"，底本誤作"雄"，據諸本改。

《箋》云：有瀰濟盈，謂過於厲，喻犯礼深也。

[二] 濡，漬也。由輈以上爲軌。違禮義，不由其道，猶雉鳴而求其牡矣。飛曰雌雄，走曰牝牡。

《箋》云：渡深水者，必濡其軌。言不濡者，喻夫人犯禮而不自知。雉鳴反求其牡，喻夫人所求非所求。

雝雝鳴鴈，旭日始旦。[一] 士如歸妻，迨冰未泮。[二]

[一] 雝雝，鴈聲和也。納采用鴈。旭，日始出，謂大昕之時。

《箋》云：鴈者，隨陽而處，似婦人從夫，故昏禮用焉。自納采至請期用昕，親迎用昏。

[二] 迨，及。泮，散也。

《箋》云：歸妻，使之來歸於己，謂請期也。冰未散，正月中以前也。二月可以昏矣。

招招舟子，人涉卬否。[一] 人涉卬否，卬須我友。[二]

[一] 招招，號召之皃。舟子，舟人，主濟渡者。卬，我也。

《箋》云：舟人之子號召當渡者，猶媒人之會男女无夫家者，使之爲妃匹[一]，人皆從之而渡，我獨否。

[二] 人皆涉，我友未至，我獨待之而不涉。以言室家之道，非得所適，貞女不行，非得禮義，昏姻不成。

《匏有苦葉》四章，章四句。

〔一〕使之爲妃匹 "之"，底本誤奪，五山本同，據足利本、相臺本、殿本、阮刻本補。

谷　風

　　《谷風》，刺夫婦失道也。衞人化其上，淫於新昏，而棄其舊室，夫婦離絶，國俗傷敗焉。^[一]

　　〔一〕新昏者，新所與爲昏禮。

習習谷風，以陰以雨。^[一]黽勉同心，不宜有怒。^[二]采葑采菲，無以下體。^[三]德音莫違，及爾同死。^[四]

　　〔一〕興也。習習，和舒貌。東風謂之谷風。陰陽和而谷風至，夫婦和則室家成〔一〕，室家成而繼嗣生。
　　〔二〕言黽勉者，思與君子同心也。
　　《箋》云：所以黽勉者，以爲見譴怒者，非夫婦之宜。
　　〔三〕葑，須也。菲，芴也〔二〕。下體，根莖也。
　　《箋》云：此二菜者，蔓菁與葍之類也，皆上下可食。然而其根有美時，有惡時，采之者不可以根惡時，并棄其葉。喻夫婦以禮義合，顏色相親，亦不可以顏色衰，棄其相與之禮。
　　〔四〕《箋》云：莫，無。及，與也。夫婦之言無相違者，則可與女長相與處至死，顏色斯須之有。

行道遲遲，中心有違。^[一]不遠伊邇，薄送我畿。^[二]誰謂

〔一〕　夫婦和則室家成　"則"，底本誤作"而"，據諸本改。
〔二〕　芴也　"芴"，底本誤作"芴"，據諸本改。

荼苦，其甘如薺。[三] 宴爾新昏，如兄如弟。[四]

[一] 遲遲，舒行皃。違，離也。

《箋》云：違，徘徊也。行於道路之人，至將離別，尚舒行，其心徘徊然。喻君子於己不能如也。

[二] 畿，門內也。

《箋》云：畿，近也。言君子與己決別，不能遠，維近爾。送我裁於門內，無恩之甚。

[三] 荼，苦菜也。

《箋》云：荼誠苦矣，而君子於己之苦毒，又甚於荼。比方之荼〔一〕，其甘如薺。

[四] 宴，安也。

涇以渭濁，湜湜其沚。[一] 宴爾新昏，不我屑以。[二] 毋逝我梁，毋發我笱。[三] 我躬不閱，遑恤我後。[四]

[一] 涇、渭相入而清濁異。

《箋》云：小渚曰沚。涇水以有渭，故見渭濁。湜湜，持正貌。喻君子得新昏，故謂己惡也。己之持正守初，如沚然不動搖。此絕去所經見，因取以自喻焉〔二〕。

[二] 屑，潔也。

《箋》云：以，用也。言君子不復潔用我當室家。

[三] 逝，之也。梁，魚梁。笱，所以捕魚也。

〔一〕 比方之荼 "比"，底本誤作"此"，據諸本改。
〔二〕 因取以自喻焉 "因"，底本誤奪，據諸本補。

《箋》云：毋者，喻禁新昏。女毋之我家，取我爲室家之道。

[四] 閲，容也。

《箋》云：躬，身。遑，暇。恤，憂也。我身尚不能自容，何暇憂我後所生子孫也？

就其深矣，方之舟之。就其淺矣，泳之游之。^[一]何有何亡？黽勉求之。^[二]凡民有喪，匍匐救之。^[三]

[一] 舟，船也。

《箋》云：方，泭也。潛行爲泳。言深淺者，喻君子之家事無難易，吾皆爲之。

[二] 有，謂富也。亡，謂貧也。

《箋》云：君子何所有乎，何所亡乎？吾其黽勉勤力爲求之。有求多，亡求有。

[三]《箋》云：匍匐，言盡力也。凡於民有凶禍之事，鄰里尚盡力往救之，況我於君子家之事難易乎？固當黽勉。以疏喻親也。

不我能慉，反以我爲讎。^[一]既阻我德，賈用不售。^[二]昔育恐育鞫，及爾顛覆。^[三]既生既育，比予于毒。^[四]

[一] 慉，養也。

《箋》云：慉，驕也。君子不能以恩驕樂我，反憎惡我。

[二] 阻，難也。

《箋》云：既難卻我，隱蔽我之善，我修婦道而事之，覬其察己，猶見疏外，如賣物之不售。

［三］育，長。鞫，窮也。

《箋》云：昔育，育稚也。及，與也。昔幼稚之時，恐至長老窮匱，故與女顛覆，盡力於眾事，難易無所辟。

［四］《箋》云：生，謂財業也。育，謂長老也。于，於也。既有財業矣，又既長老矣，其視我如毒螫。言惡已甚也〔一〕。

我有旨蓄，亦以御冬。[一]宴爾新昏，以我御窮。[二]有洸有潰，既詒我肄。[三]不念昔者，伊余來墍。[四]

［一］旨，美。御，禦也。

《箋》云：蓄聚美菜者，以禦冬月乏無時也。

［二］《箋》云：君子亦但以我御窮苦之時，至於富貴，則棄我如旨蓄。

［三］洸洸，武也。潰潰，怒也。肄，勞也。

《箋》云：詒，遺也。君子洸洸然，潰潰然，無溫潤之色，而盡遺我以勞苦之事，欲窮困我。

［四］墍，息也。

《箋》云：君子忘舊，不念往昔年稚，我始來之時，安息我。

《谷風》六章，章八句。

〔一〕 言惡已甚也　"惡"下，底本誤衍"之"字，據諸本刪。

式　微

《式微》,黎侯寓于衛,其臣勸以歸也。[一]

[一] 寓,寄也。黎侯爲狄人所逐,棄其國而寄於衛。衛處之以二邑,因安之,可以歸而不歸,故其臣勸之。

式微式微,胡不歸?[一]微君之故,胡爲乎中露?[二]

[一] 式,用也。
《箋》云:"式微式微"者,微乎微者也。君何不歸乎?禁君留止於此之辭。式,發聲也。
[二] 微,無也。中露,衛邑也。
《箋》云:我若無君,何爲處此乎?臣又極諫之辭。

式微式微,胡不歸?微君之躬,胡爲乎泥中?[一]

[一] 泥中,衛邑也。

《式微》二章,章四句。

旄　　丘

《旄丘》，責衞伯也。狄人迫逐黎侯，黎侯寓于衞。衞不能脩方伯連率之職，黎之臣子以責於衞也。[一]

[一] 衞，康叔之封，爵稱侯。今曰伯者，時爲州伯也。周之制，使伯佐牧。《春秋傳》曰"五侯九伯"，侯爲牧也。

旄丘之葛兮，何誕之節兮？[一] 叔兮伯兮，何多日也？[二]

[一] 興也。前高後下曰旄丘。諸侯以國相連屬，憂患相及，如葛之蔓莚相連及也。誕，闊也。

《箋》云：土氣緩則葛生闊節。興者，喻此時衞伯不恤其職，故其臣於君事亦疏廢也。

[二] 日月以逝而不我憂。

《箋》云：叔、伯，字也。呼衞之諸臣，叔與伯與，女期迎我君而復之。可來而不來，女日數何其多也？先叔後伯，臣之命不以齒。

何其處也？必有與也。[一] 何其久也？必有以也。[二]

[一] 言與仁義也。

《箋》云：我君何以處於此乎？必以衞有仁義之道故也。責衞今不行仁義。

[二] 必以有功德。

《箋》云：我君何以久留於此乎？必以衞有功德故也。又責衞今不務功德也。

狐裘蒙戎，匪車不東。[一] 叔兮伯兮，靡所與同。[二]

[一] 大夫狐蒼裘。蒙戎，以言亂也。不東，言不來東也。

《箋》云：刺衞諸臣形貌蒙戎然，但爲昏亂之行。女非有戎車乎？何不來東迎我君而復之？黎國在衞西，今所寓在衞東。

[二] 無救患恤同也。

《箋》云：衞之諸臣行如是，不與諸伯之臣同。言其非之特甚。

瑣兮尾兮，流離之子。[一] 叔兮伯兮，褎如充耳。[二]

[一] 瑣尾，少好之貌。流離，鳥也。少好長醜，始而愉樂，終以微弱。

《箋》云：衞之諸臣，初有小善，終無成功，似流離也〔一〕。

[二] 褎，盛服也。充耳，盛飾也。大夫褎然有尊盛之服，而不能稱也。

《箋》云：充耳，塞耳也。言衞之諸臣顏色褎然，如見塞耳，無聞知也。人之耳聾，恒多笑而已。

《旄丘》四章，章四句。

〔一〕 似流離也 "似"，底本誤作 "以"，據諸本改。

簡　兮

《簡兮》，刺不用賢也。衞之賢者，仕於伶官，皆可以承事王者也。[一]

> [一] 伶官，樂官也。伶氏世掌樂官而善焉，故後世多號樂官爲伶官。

簡兮簡兮，方將萬舞。[一]日之方中，在前上處。[二]碩人俁俁，公庭萬舞。[三]

> [一] 簡，大也。方，四方也。將，行也。以干羽爲萬舞，用之宗廟山川，故言於四方。
>
> 《箋》云：簡，擇。將，且也。擇兮擇兮者，爲且祭祀，當萬舞也。萬舞，干舞也[一]。
>
> [二] 教國子弟，以日中爲期。
>
> 《箋》云："在前上處"者，在前列上頭也。《周禮》："大胥掌學士之版，以待致諸子。春，入學，舍采，合舞。"
>
> [三] 碩人，大德也。俁俁，容貌大也。萬舞非但在四方，親在宗廟公庭。

有力如虎，執轡如組。[一]左手執籥，右手秉翟。[二]赫如渥赭，公言錫爵。[三]

〔一〕干舞也　"舞"下，底本誤衍"者"字，據諸本刪。

[一]組，織組也。武力比於虎，可以御亂。御衆有文章，言能治衆，動於近，成於遠也。

《箋》云：碩人有御亂、御衆之德，可任爲王臣。

[二]籥，六孔。翟，翟羽也。

《箋》云：碩人多才多藝，又能籥舞。言文武道備。

[三]赫，赤貌。渥，厚漬也。祭有畀煇、胞、翟、閽、寺者，惠下之道，見惠不過一散。

《箋》云：碩人容色赫然，如厚傅丹，君徒賜其一爵而已，不知其賢而進用之。散，受五升。

山有榛，隰有苓。[一]云誰之思？西方美人。[二]彼美人兮，西方之人兮。[三]

[一]榛，木名。下濕曰隰。苓，大苦。

《箋》云：榛也、苓也，生各得其所，以言碩人處非其位。

[二]《箋》云：我誰思乎？思周室之賢者，以其宜薦碩人，與在王位。

[三]乃宜在王室。

《箋》云：彼美人，謂碩人也。

《簡兮》三章，章六句。

泉　水

　　《泉水》，衞女思歸也。嫁於諸侯，父母終，思歸寧而不得，故作是詩以自見也。[一]

　　[一]"以自見"者，見己志也。國君夫人，父母在則歸寧，沒則使大夫寧於兄弟。衞女之思歸，雖非禮，思之至也。

毖彼泉水，亦流于淇。[一] 有懷于衞，靡日不思。[二] 孌彼諸姬，聊與之謀。[三]

　　[一]興也。泉水始出，毖然流也。淇，水名也。
　　《箋》云：泉水流而入淇，猶婦人出嫁於異國。
　　[二]《箋》云：懷，至。靡，無也。以言我有所至念於衞，無日不思也〔一〕。所至念者，謂諸姬、諸姑、伯姊。
　　[三]孌，好貌。諸姬，同姓之女。聊，願也。
　　《箋》云：聊，且略之辭。諸姬者，未嫁之女。我且欲略與之謀婦人之禮，觀其志意，親親之恩也。

出宿于泲，飲餞于禰。[一] 女子有行，遠父母兄弟。[二] 問我諸姑，遂及伯姊。[三]

　　[一]泲，地名。祖而舍軷，飲酒於其側曰餞。重始有事於道也。禰，地名。

〔一〕無日不思也　"無"下，底本衍"一"字，五山本同，據足利本、相臺本、殿本、阮刻本刪。

《箋》云：泲、禰者，所嫁國適衛之道所經，故思宿、餞。
[二]《箋》云：行，道也。婦人有出嫁之道，遠於親親，故禮緣人情，使得歸寧。
[三] 父之姊妹稱姑。先生曰姊。
《箋》云：寧則又問姑及姊，親其類也。先姑後姊，尊姑也。

出宿于干，飲餞于言。[一] 載脂載舝，還車言邁。[二] 遄臻于衛，不瑕有害。[三]

[一] 干、言，所適國郊也。
《箋》云：干、言，猶泲、禰，未聞遠近同異。
[二] 脂舝其車，以還我行也。
《箋》云：言還車者，嫁時乘來，今思乘以歸。
[三] 遄，疾。臻，至。瑕，遠也。
《箋》云：瑕，猶過也。害，何也。我還車疾至於衛而反，於行無過差，有何不可而止我？

我思肥泉，茲之永歎。[一] 思須與漕，我心悠悠。[二] 駕言出遊，以寫我憂。[三]

[一] 所出同、所歸異，爲肥泉。
《箋》云：茲，此也。自衛而來所渡水，故思此而長歎。
[二] 須、漕，衛邑也。
《箋》云：自衛而來所經邑，故又思之。
[三] 寫，除也。
《箋》云：既不得歸寧，且欲乘車出遊，以除我憂。

《泉水》四章，章六句。

北　門

《北門》，刺仕不得志也。言衛之忠臣，不得其志爾。[一]

[一]"不得其志"者，君不知己志而遇困苦。

出自北門，憂心殷殷。[一]終窶且貧，莫知我艱。[二]已焉哉，天實爲之，謂之何哉？[三]

[一]興也。北門，背明鄉陰。

《箋》云：自，從也。興者，喻己仕於闇君，猶行而出北門〔一〕，心爲之憂殷殷然。

[二]窶者，無禮也。貧者，困於財。

《箋》云：艱，難也。君於己祿薄，終不足以爲禮，又近困於財，無知己以此爲難者。言君既然矣，諸臣亦如之。

[三]《箋》云：謂，勤也。詩人事君無二志，故自決歸之於天。我勤身以事君，何哉？忠之至。

王事適我，政事一埤益我。[一]我入自外，室人交徧讁我。[二]已焉哉，天實爲之，謂之何哉？

[一]適，之。埤，厚也。

〔一〕猶行而出北門　"北"，底本誤作"此"，據諸本改。

《箋》云：國有王命役使之事，則不以之彼[一]，必來之我；有賦稅之事，則減彼一而以益我。言君政偏，己兼其苦。

［二］譴，責也。

《箋》云：我從外而入，在室之人更迭偏來責我，使己去也。言室人亦不知己志也。

王事敦我，政事一埤遺我。[一] 我入自外，室人交徧摧我。[二] 已焉哉，天實爲之，謂之何哉？

［一］敦，厚。遺，加也。

《箋》云：敦，猶投擿[二]。

［二］摧，沮也。

《箋》云：摧者，刺譏之言。

《北門》三章，章七句。

〔一〕 則不以之彼　"則"，底本誤奪，據諸本補。
〔二〕 猶投擿　"擿"下，諸本有"也"字。

北　風

　　《北風》，刺虐也。衛國並爲威虐，百姓不親，莫不相攜持而去焉。

北風其涼，雨雪其雱。[一]惠而好我，攜手同行。[二]其虛其邪，既亟只且。[三]

[一] 興也。北風，寒涼之風。雱，盛皃。
《箋》云：寒涼之風，病害萬物。興者，喻君政教酷暴，使民散亂。
[二] 惠，愛。行，道也。
《箋》云：性仁愛而又好我者，與我相攜持，同道而去。疾時政也。
[三] 虛，虛也。亟，急也。
《箋》云：邪，讀如徐。言今在位之人，其故威儀虛徐寬仁者，今皆以爲急刻之行矣。所以當去，以此也。

北風其喈，雨雪其霏。[一]惠而好我，攜手同歸。[二]其虛其邪，既亟只且。

[一] 喈，疾貌。霏，甚貌。
[二] 歸有德也。

莫赤匪狐，莫黑匪烏。[一]惠而好我，攜手同車。[二]其虛其邪，既亟只且。

[一]狐赤，烏黑，莫能别也。

《箋》云：赤則狐也，黑則烏也。猶今君臣相承，爲惡如一。

[二]攜手就車。

《北風》三章，章六句。

靜　女

《靜女》，刺時也。衞君無道，夫人無德。[一]

[一] 以君及夫人無道德，故陳靜女遺我以彤管之法，德如是，可以易之爲人君之配。

靜女其姝，俟我於城隅。[一]愛而不見，搔首踟躕。[二]

[一] 靜，貞靜也。女德貞靜而有法度，乃可說也。姝，美色也。俟，待也。城隅，以言高而不可踰。
《箋》云：女德貞靜，然後可畜。美色，然後可安。又能服從，待禮而動，自防如城隅，故可愛也。
[二] 言志往而行止。
《箋》云：志往，謂踟躕。行止，謂愛之而不往見。

靜女其孌，貽我彤管。[一]彤管有煒，說懌女美。[二]

[一] 既有靜德，又有美色，又能遺我以古人之法，可以配人君也。古者，后夫人必有女史彤管之法，史不記過，其罪殺之。后妃群妾以禮御於君所，女史書其日月，授之以環，以進退之。生子月辰，則以金環退之。當御者以銀環進之，著于左手。既御，著于右手。事無大小，記以成法。
《箋》云：彤管，筆赤管也。
[二] 煒，赤貌。彤管以赤心正人也。

《箋》云：説懌，當作"説釋"。赤管煒煒然，女史以之説釋妃妾之德，美之。

自牧歸荑，洵美且異。[一] 匪女之爲美，美人之貽。[二]

[一] 牧，田官也。荑，茅之始生也。本之於荑，取其有始有終。

《箋》云：洵，信也。茅，絜白之物也。自牧田歸荑，其信美而異者，可以共祭祀。猶貞女在窈窕之處，媒氏達之，可以配人君。

[二] 非爲其徒説美色而已，美其人能遺我法則。

《箋》云：遺我者，遺我以賢妃也。

《靜女》三章，章四句。

新　　臺

　　《新臺》，刺衞宣公也。納伋之妻，作新臺于河上而要之。國人惡之，而作是詩也。[一]

　　[一] 伋，宣公之世子。

新臺有泚，河水瀰瀰。[一] 燕婉之求，籧篨不鮮。[二]

　　[一] 泚，鮮明貌。瀰瀰，盛皃。水所以絜汙穢，反于河上而爲淫昏之行。
　　[二] 燕，安。婉，順也。籧篨，不能俯者。
　　《箋》云：鮮，善也。伋之妻，齊女，來嫁於衞。其心本求燕婉之人，謂伋也；反得籧篨不善，謂宣公也。籧篨口柔，常觀人顔色而爲之辭，故不能俯也。

新臺有洒，河水浼浼。[一] 燕婉之求，籧篨不殄。[二]

　　[一] 洒，高峻也。浼浼，平地也。
　　[二] 殄，絶也。
　　《箋》云：殄，當作"腆"；腆，善也。

魚網之設，鴻則離之。[一] 燕婉之求，得此戚施。[二]

　　[一] 言所得非所求也。

《箋》云：設魚網者，宜得魚。鴻乃鳥也，反離焉。猶齊女以禮來求世子，而得宣公。

［二］戚施，不能仰者。

《箋》云：戚施面柔，下人以色，故不能仰也。

《新臺》三章，章四句。

二子乘舟

　　《二子乘舟》，思伋、壽也。衛宣公之二子，爭相爲死。國人傷而思之，作是詩也。

二子乘舟，汎汎其景。[一] 願言思子，中心養養。[二]

> [一] 二子，伋、壽也。宣公爲伋取於齊女而美，公奪之，生壽及朔。朔與其母愬伋於公，公令伋之齊，使賊先待於隘而殺之。壽知之，以告伋，使去之。伋曰："君命也，不可以逃。"壽竊其節而先往〔一〕，賊殺之。伋至，曰："君命殺我，壽有何罪？"賊又殺之。國人傷其涉危遂往，如乘舟而無所薄，汎汎然迅疾而不礙也。
> [二] 願，每也。養養然憂，不知所定。
> 《箋》云：願，念也。念我思此二子，心爲之憂養養然。

二子乘舟，汎汎其逝。[一] 願言思子，不瑕有害。[二]

> [一] 逝，往也。
> [二] 言二子之不遠害。
> 《箋》云：瑕，猶過也。我念思此二子之事，於行無過差，有何不可而不去也。

〔一〕 壽竊其節而先往　"竊"，底本誤作"切"，據諸本改。

《二子乘舟》二章,章四句。

邶國十九篇,七十一章,三百六十三句。

毛詩卷第三

毛詩卷第三

鄘柏舟詁訓傳第四

毛詩國風　　　　鄭　氏　箋

柏　　舟

《柏舟》，共姜自誓也。衞世子共伯蚤死，其妻守義，父母欲奪而嫁之，誓而弗許，故作是詩以絕之。[一]

[一] 共伯，僖侯之世子。

汎彼柏舟，在彼中河。[一] 髧彼兩髦，實維我儀。[二] 之死矢靡它。[三] 母也天只，不諒人只。[四]

[一] 興也。中河，河中。
《箋》云：舟在河中，猶婦人之在夫家，是其常處。
[二] 髧，兩髦之貌。髦者，髮至眉，子事父母之飾。儀，匹也。
《箋》云：兩髦之人，謂共伯也，實是我之匹，故我不嫁也。禮：
　　世子昧爽而朝[一]，亦櫛纚，笄總，拂髦，冠緌纓。
[三] 矢，誓。靡，無。之，至也。至己之死，信無它心。

─────
〔一〕 世子昧爽而朝　"子"下，底本誤衍"之"字，據諸本刪。

［四］諒，信也。母也、天也，尚不信我。天，謂父也。

汎彼柏舟，在彼河側。髧彼兩髦，實維我特。^[一]之死矢靡慝。^[二]母也天只，不諒人只。

［一］特，匹也。
［二］慝，邪也。

《柏舟》二章，章七句。

牆 有 茨

《牆有茨》，衞人刺其上也。公子頑通乎君母，國人疾之而不可道也。[一]

[一] 宣公卒，惠公幼，其庶子頑烝於惠公之母，生子五人：齊子、戴公、文公、宋桓夫人、許穆夫人。

牆有茨，不可埽也。[一]中冓之言，不可道也。[二]所可道也，言之醜也。[三]

[一] 興也。牆，所以防非常。茨，蒺藜也。欲埽去之，反傷牆也。
《箋》云：國君以禮防制一國，今其宮內有淫昏之行者，猶牆之生蒺藜。
[二] 中冓，內冓也。
《箋》云：內冓之言，謂宮中所冓成，頑與夫人淫昏之語。
[三] 於君醜也。

牆有茨，不可襄也。[一]中冓之言，不可詳也。[二]所可詳也，言之長也。[三]

[一] 襄，除也。
[二] 詳，審也。
[三] 長，惡長也。

牆有茨，不可束也。[一]中冓之言，不可讀也。[二]所可讀也，言之辱也。[三]

［一］束而去之。

［二］讀，抽也。

《箋》云：抽，猶出也。

［三］辱，辱君也。

《牆有茨》三章，章六句。

君子偕老

《君子偕老》，刺衞夫人也。夫人淫亂，失事君子之道，故陳人君之德、服飾之盛，宜與君子偕老也。[一]

> [一] 夫人，宣公夫人、惠公之母也。人君，小君也。或者"小"字誤作"人"耳。

君子偕老，副笄六珈。[一] 委委佗佗，如山如河，[二] 象服是宜。[三] 子之不淑，云如之何？[四]

> [一] 能與君子俱老，乃宜居尊位，服盛服也。副者，后夫人之首飾，編髮爲之。笄，衡笄[一]。珈，笄飾之最盛者，所以別尊卑。
> 《箋》云：珈之言加也。副既笄而加飾，如今步搖上飾。古之制所有，未聞。
> [二] 委委者，行可委曲從迹也。佗佗者，德平易也。山無不容，河無不潤。
> [三] 象服，尊者所以爲飾。
> 《箋》云：象服者，謂揄翟、闕翟也[二]。人君之象服，則舜所云"予欲觀古人之象，日月星辰"之屬。
> [四] 有子若是，可謂不善乎？
> 《箋》云：子乃服飾如是，而爲不善之行，於禮當如之何？深疾之。

〔一〕衡笄 "笄"下，諸本有"也"字。
〔二〕謂揄翟闕翟也 "揄"，底本誤作"揄"，相臺本、殿本作"褕"，據足利本、五山本、阮刻本改。

玼兮玼兮，其之翟也。[一]鬒髮如雲，不屑髢也。[二]玉之瑱也，象之揥也，[三]揚且之晳也。[四]胡然而天也，胡然而帝也？[五]

［一］玼，鮮盛皃。揄翟、闕翟[一]，羽飾衣也。

《箋》云：侯、伯夫人之服，自揄翟而下，如王后焉。

［二］鬒，黑髮也。如雲，言美長也。屑，絜也。

《箋》云：髢，髮也[二]。不絜者，不用髮爲善。

［三］瑱，塞耳也。揥，所以摘髮也。

［四］揚，眉上廣。晳，白晳。

［五］尊之如天，審諦如帝。

《箋》云：胡，何也。帝，五帝也。何由然女見尊敬如天帝乎？非由衣服之盛、顏色之莊與？反爲淫昏之行。

瑳兮瑳兮，其之展也。蒙彼縐絺，是紲袢也。[一]子之清揚，揚且之顏也。[二]展如之人兮，邦之媛也。[三]

［一］礼有展衣者，以丹縠爲衣。蒙，覆也。絺之靡者爲縐，是當暑袢延之服也。

《箋》云：后妃六服之次，展衣宜白。縐絺，絺之蹙蹙者。展衣，夏則裏衣縐絺。此以礼見於君及賓客之盛服也[三]。"展衣"字誤，《礼記》作"禮衣"。

〔一〕 揄翟闕翟　"揄"，底本誤作"偸"，足利本、五山本、相臺本、殿本作"揄"，據阮刻本改。下鄭《箋》"揄翟"同。
〔二〕 髮也　"髮"，底本誤作"髴"，據諸本改。
〔三〕 此以礼見於君及賓客之盛服也　"此"，底本誤奪，據諸本補。

［二］清，視清明也。揚，廣揚而顏角豐滿。

［三］展，誠也。美女爲媛。

《箋》云：媛者，邦人所依倚以爲媛助也。疾<u>宣</u>姜有此盛服，而以淫昏亂國，故云然。

《君子偕老》三章，一章七句，一章九句，一章八句。

桑　中

《桑中》，刺奔也。衞之公室淫亂，男女相奔，至于世族在位，相竊妻妾，期於幽遠，政散民流而不可止。[一]

[一]"衞之公室淫亂"，謂宣、惠之世，男女相奔，不待媒氏以礼會之也。"世族在位"，取姜氏、弋氏、庸氏者也。竊，盜也。幽遠，謂桑中之野。

爰采唐矣，沬之鄉矣。[一]云誰之思？美孟姜矣。[二]期我乎桑中，要我乎上宮，送我乎淇之上矣。[三]

[一]爰，於也。唐，蒙，菜名。沬，衞邑。
《箋》云：於何采唐，必沬之鄉，猶言欲爲淫亂者，必之衞之都。惡衞爲淫亂之主。
[二]姜，姓也。言世族在位，有是惡行。
《箋》云：淫亂之人誰思乎？乃思美孟姜。孟姜，列國之長女，而思与淫亂。疾世族在位，有是惡行。
[三]桑中、上宮，所期之地。淇，水名也。
《箋》云：此思孟姜之愛厚己也，与我期於桑中，而要見我於上宮。其送我，則於淇水之上。

爰采麥矣，沬之北矣。云誰之思？美孟弋矣。[一]期我乎桑中，要我乎上宮，送我乎淇之上矣。

[一] 弋，姓也。

爰采葑矣，沬之東矣。[一] 云誰之思？美孟庸矣。[二] 期我乎桑中，要我乎上宮，送我乎淇之上矣。

[一]《箋》云：葑，蔓菁。
[二] 庸，姓也。

《桑中》三章，章七句。

鶉之奔奔

《鶉之奔奔》,刺衞宣姜也。衞人以爲宣姜鶉鵲之不若也。[一]

[一]"刺宣姜"者,刺其与公子頑爲淫亂,行不如禽鳥。

鶉之奔奔,鵲之彊彊。[一]人之無良,我以爲兄。[二]

[一]鶉則奔奔,鵲則彊彊然。
《箋》云:奔奔、彊彊,言其居有常匹,飛則相隨之貌。刺宣姜与頑非匹耦。
[二]良,善也。兄,謂君之兄。
《箋》云:人之行無一善者,我君反以爲兄。君,謂惠公。

鵲之彊彊,鶉之奔奔。人之無良,我以爲君。[一]

[一]君,國小君。
《箋》云:小君,謂宣姜。

《鶉之奔奔》二章,章四句。

定之方中

《定之方中》,美衞文公也。衞爲狄所滅,東徙渡河,野處漕邑。齊桓公攘戎狄而封之,文公徙居楚丘,始建城市而營宮室,得其時制。百姓説之,國家殷富焉。[一]

[一]《春秋》閔公二年冬,狄人入衞,衞懿公及狄人戰于熒澤而敗。宋桓公迎衞之遺民渡河,立戴公,以廬於漕。戴公立一年而卒。魯僖公二年,齊桓公城楚丘而封衞,於是文公立而建國焉。

定之方中,作于楚宮。[一]揆之以日,作于楚室。[二]樹之榛栗,椅桐梓漆,爰伐琴瑟。[三]

[一]定,營室也〔一〕。方中,昏正四方。楚宮,楚丘之宮也。仲梁子曰:"初立楚宮也。"
《箋》云:楚宮,謂宗廟也。定星昏中而正,於是可以營制宮室,故謂之營室。定昏中而正,謂小雪時。其體與東壁連正四方。

[二]揆,度也。度日出日入,以知東西〔二〕。南視定,北準極,以正南北。室,猶宮也。
《箋》云:楚室,居室也。君子將營宮室,宗廟爲先,廄庫爲次,

〔一〕營室也 "營"下,底本誤衍"宮"字,據諸本刪。
〔二〕以知東西 "知",底本誤作"正",據諸本改。

居室爲後。

[三] 椅，梓屬。

《箋》云：爰，曰也。樹此六木於宮者，曰其長大，可伐以爲琴瑟。言豫備也。

升彼虛矣，以望楚矣。望楚與堂，景山與京。[一] 降觀于桑。[二] 卜云其吉，終然允臧。[三]

[一] 虛，漕虛也。楚丘有堂邑者。景山，大山。京，高丘也。

《箋》云：自河以東，夾於濟水，文公將徙，登漕之虛，以望楚丘，觀其旁邑，及其丘山，審其高下所依倚，乃後建國焉。慎之至也。

[二] 地勢宜蠶，可以居民。

[三] 龜曰卜。允，信。臧，善也。建國必卜之，故建邦能命龜，田能施命，作器能銘，使能造命，升高能賦，師旅能誓，山川能説，喪紀能誄，祭祀能語。君子能此九者，可謂有德音，可以爲大夫也[一]。

靈雨既零，命彼倌人。星言夙駕，説于桑田。[一] 匪直也人，[二] 秉心塞淵。[三] 騋牝三千。[四]

[一] 零，落也。倌人，主駕者。

《箋》云：靈，善也。星，雨止星見。夙，早也。文公於雨下，命主駕者，雨止，爲我晨早駕。欲往爲辭，説於桑田，教民稼

〔一〕 可以爲大夫也 "也"，諸本無。

稈，務農急也。

［二］非徒庸君。

［三］秉，操也。

《箋》云：塞，充實也。淵，深也。

［四］馬七尺以上曰騋〔一〕。騋馬与牝馬也。

《箋》云：國馬之制，天子十有二閑，馬六種，三千四百五十六匹；邦國六閑，馬四種，千二百九十六匹。衛之先君兼邶、鄘而有之，而馬數過礼制。今文公滅而復興，徙而能富，馬有三千，雖非礼制，國人美之。

《定之方中》三章，章七句。

〔一〕馬七尺以上曰騋　"以上"，底本誤奪，據諸本補。

蝃蝀

《蝃蝀》，止奔也。衞文公能以道化其民，淫奔之恥，國人不齒也。[一]

[一]"不齒"者，不与相長稚。

蝃蝀在東，莫之敢指。[一]女子有行，遠父母兄弟。[二]

[一]蝃蝀，虹也。夫婦過礼，則虹氣盛，君子見戒而懼諱之，莫之敢指。
《箋》云：虹，天氣之戒，尚无敢指者，況淫奔之女，誰敢視之？
[二]《箋》云：行，道也。婦人生而有適人之道，何憂於不嫁，而爲淫奔之過乎？惡之甚。

朝隮于西，崇朝其雨。[一]女子有行，遠兄弟父母。

[一]隮，升。崇，終也。從旦至食時爲終朝。
《箋》云：朝有升氣於西方，終其朝則雨，氣應自然。以言婦人生而有適人之道，亦性自然。

乃如之人也，懷昏姻也。[一]大無信也，不知命也。[二]

[一]乃如是淫奔之人也。
《箋》云：懷，思也。乃如是之人，思昏姻之事乎？言其淫奔之過

惡之大。

[二] 不待命也。

《箋》云：淫奔之女，大无貞潔之信[一]，又不知昏姻當待父母之命。惡之也。

《蝃蝀》三章，章四句。

〔一〕 大无貞潔之信　"貞"，底本誤作"須"，據諸本改。

相　鼠

《相鼠》，刺無禮也。衞文公能正其群臣，而刺在位承先君之化，無禮儀也。

相鼠有皮，人而無儀。〔一〕人而無儀，不死何爲？〔二〕

〔一〕相，視也。无礼儀者，雖居尊位，猶爲闇昧之行。
《箋》云：儀，威儀也。視鼠有皮，雖處高顯之處，偷食苟得，不知廉恥，亦与人无威儀者同。
〔二〕《箋》云：人以有威儀爲貴，今反无之，傷化敗俗，不如其死，无所害也。

相鼠有齒，人而無止。〔一〕人而無止，不死何俟？〔二〕

〔一〕止，所止息〔一〕。
《箋》云：止，容止。《孝經》曰："容止可觀。"
〔二〕俟，待也。

相鼠有體，〔一〕人而無禮。人而無禮，胡不遄死？〔二〕

〔一〕體，支體也。
〔二〕遄，速也。

《相鼠》三章，章四句。

〔一〕所止息　"息"下，五山本同，足利本、相臺本、殿本、阮刻本有"也"字。

干旄

《干旄》,美好善也。衞文公臣子多好善,賢者樂告以善道也。[一]

[一] 賢者,時處士也。

孑孑干旄,在浚之郊。[一] 素絲紕之,良馬四之。[二] 彼姝者子,何以畀之?[三]

[一] 孑孑,干旄之貌[一]。注旄於干首,大夫之旃也。浚,衞邑。古者,臣有大功,世其官邑。郊外曰野。

《箋》云:《周禮》,孤卿建旃,大夫建物,首皆注旄焉。時有建此旄來至浚之郊,卿大夫好善也。

[二] 紕,所以織組也。總紕於此,成文於彼,願以素絲紕組之法御四馬也。

《箋》云:素絲者以爲縷,以縫紕旌旗之旒縿,或以維持之。浚郊之賢者,既識卿大夫建旄而來,又識其乘善馬。四之者,見之數也。

[三] 姝,順貌。畀,予也。

《箋》云:時賢者既説此卿大夫有忠順之德,又欲以善道與之[二],心誠愛厚之至。

〔一〕干旄之貌 "之",底本誤奪,據諸本補。
〔二〕又欲以善道與之 "與",底本誤奪,據諸本補。

孑孑干旟,在浚之都。^[一]素絲組之,良馬五之。^[二]彼姝者子,何以予之?

[一] 鳥隼曰旟。下邑曰都。
《箋》云:《周礼》,"州里建旟",謂州長之屬。
[二] 總以素絲而成組也。驂馬五轡。
《箋》云:以素絲縷縫組於旌旗,以爲之飾。五之者,亦謂五見之也〔一〕。

孑孑干旌,在浚之城。^[一]素絲祝之,良馬六之。^[二]彼姝者子,何以告之?

[一] 析羽爲旌。城,都城也。
[二] 祝,織也。四馬六轡。
《箋》云:祝,當作"屬";屬,著也。六之者,亦謂六見之也。

《干旄》三章,章六句。

〔一〕 亦謂五見之也 "謂",底本誤作"爲",足利本、阮刻本同,據五山本、相臺本、殿本、阮元《校勘記》改。

載 馳

《載馳》，許穆夫人作也。閔其宗國顛覆，自傷不能救也。衛懿公爲狄人所滅，國人分散，露於漕邑。許穆夫人閔衛之亡，傷許之小，力不能救，思歸唁其兄，又義不得，故賦是詩也。[一]

> [一] 滅者，懿公死也。君死於位曰滅。"露於漕邑"者，謂戴公也。懿公死，國人分散，宋桓公迎衛之遺民渡河，處之於漕邑，而立戴公焉。戴公与許穆夫人俱公子頑烝於宣姜所生也。男子先生曰兄。

載馳載驅，歸唁衛侯。[一] 驅馬悠悠，言至于漕。[二] 大夫跋涉，我心則憂。[三]

> [一] 載，辭也。弔失國曰唁。
> 《箋》云：載之言則也。衛侯，戴公也。
> [二] 悠悠，遠貌。漕，衛東邑。
> 《箋》云：夫人願御者驅馬悠悠乎，我欲至於漕。
> [三] 草行曰跋，水行曰涉。
> 《箋》云：跋涉者，衛大夫來告難於許時。

既不我嘉，不能旋反。[一] 視爾不臧，我思不遠。[二]

> [一] 不能旋反我思也。

《箋》云：既，盡。嘉，善也[一]。言許人盡不善我欲歸唁兄。

[二] 不能遠衞也。

《箋》云：尔，女，女許人也。臧，善也。視女不施善道救衞。

既不我嘉，不能旋濟。[一] 視爾不臧，我思不閟。[二]

[一] 濟，止也。
[二] 閟，閉也。

陟彼阿丘，言采其蝱。[一] 女子善懷，亦各有行。[二] 許人尤之，衆穉且狂。[三]

[一] 偏高曰阿丘。蝱，貝母也。升至偏高之丘，采其蝱者，將以療疾。

《箋》云：升丘采貝母，猶婦人之適異國，欲得力助安宗國也。

[二] 行，道也。

《箋》云：善，猶多也。懷，思也。女子之多思者有道，猶升丘采蝱也。

[三] 尤，過也。是乃衆幼穉且狂，進取一概之義。

《箋》云：許人，許大夫也。過之者，過夫人之欲歸唁其兄。

我行其野，芃芃其麥。[一] 控于大邦，誰因誰極？[二] 大夫君子，無我有尤。[三] 百爾所思，不如我所之。[四]

〔一〕 善也 "善"，底本誤作 "言"，據諸本改。

［一］願行衞之野，麥芃芃然方盛長。

《箋》云：麥芃芃者，言未收刈，民將困也。

［二］控，引。極，至也。

《箋》云：今衞侯之欲求援引之力，助於大國之諸侯，亦誰因乎？由誰至乎〔一〕？閔之，故欲歸問之。

［三］《箋》云：君子，國中賢者。无我有尤，无過我也。

［四］不如我所思之篤厚也。

《箋》云：尔，女，女衆大夫君子也。

《載馳》五章，一章六句，二章章四句，一章六句，一章八句。

鄘國十篇，三十章，百七十六句。

〔一〕 由誰至乎 "由"，底本誤作"因"，據諸本改。

衞淇奧詁訓傳第五

毛詩國風　　　　　　鄭氏箋

淇　奧

《淇奧》，美武公之德也。有文章，又能聽其規諫，以禮自防，故能入相于周，美而作是詩也。

瞻彼淇奧，綠竹猗猗。[一]有匪君子，如切如磋，如琢如磨。[二]瑟兮僩兮，赫兮咺兮。[三]有匪君子，終不可諼兮。[四]

〔一〕興也。奧，隈也。綠，王芻也。竹，萹竹也。猗猗，美盛貌。武公質美德盛，有康叔之餘烈。

〔二〕匪，文章貌。治骨曰切，象曰磋，玉曰琢，石曰磨。道其學而成也，聽其規諫以自修，如玉石之見琢磨〔一〕。

〔三〕瑟，矜莊貌。僩，寬大也。赫，有明德赫赫然。咺，威儀容止宣著也。

〔四〕諼，忘也。

瞻彼淇奧，綠竹青青。[一]有匪君子，充耳琇瑩，會弁如星。[二]瑟兮僩兮，赫兮咺兮。有匪君子，終不可諼兮。

〔一〕如玉石之見琢磨　"磨"下，五山本、相臺本同，足利本、殿本、阮刻本有"也"字。

［一］青青，茂盛貌。

［二］充耳謂之瑱。琇瑩，美石也。天子玉瑱，諸侯以石。弁，皮弁，所以會髮。

《箋》云：會，謂弁之縫中，飾之以玉，皪皪而處，狀似星也。天子之朝服，皮弁以日視朝。

瞻彼淇奧，綠竹如簀。^{［一］}有匪君子，如金如錫，如圭如璧。^{［二］}寬兮綽兮，猗重較兮。^{［三］}善戲謔兮，不爲虐兮。^{［四］}

［一］簀，積也。

［二］金、錫煉而精，圭、璧性有質。

《箋》云：圭、璧亦琢磨。四者亦道其學而成也。

［三］寬，能容衆。綽，緩也。重較，卿士之車。

《箋》云：綽兮，謂仁於施舍。

［四］寬緩弘大，雖則戲謔，不爲虐矣。

《箋》云：君子之德，有張有弛，故不常矜莊，而時戲謔。

《淇奧》三章，章九句。

考　槃

《考槃》，刺莊公也。不能繼先公之業，使賢者退而窮處。[一]

[一] 窮，猶終也。

考槃在澗，碩人之寬。[一] 獨寐寤言，永矢弗諼。[二]

[一] 考，成。槃，樂也。山夾水曰澗。
《箋》云：碩，大也。有窮處成樂在於此澗者，形貌大人，而寬然有虛乏之色。
[二]《箋》云：寤，覺。永，長。矢，誓。諼，忘也。在澗獨寐，覺而獨言，長自誓以不忘君之惡，志在窮處，故云然。

考槃在阿，碩人之薖。[一] 獨寐寤歌，永矢弗過。[二]

[一] 曲陵曰阿。薖，寬大貌。
《箋》云：薖，飢意。
[二]《箋》云：弗過者，不復入君之朝也。

考槃在陸，碩人之軸。[一] 獨寐寤宿，永矢弗告。[二]

[一] 軸，進也。
《箋》云：軸，病也。
[二] 無所告語也。

《箋》云：不復告君以善道。

《考槃》三章，章四句。

碩　　人

　　《碩人》，閔莊姜也。莊公惑於嬖妾，使驕上僭。莊姜賢而不答，終以無子。國人閔而憂之。

碩人其頎，衣錦褧衣。^[一]齊侯之子，衞侯之妻，東宮之妹，邢侯之姨，譚公維私。^[二]

　　[一]頎，長貌。錦，文衣也。夫人德盛而尊，嫁則錦衣加褧襜〔一〕。
　《箋》云：碩，大也。言莊姜儀表長麗佼好頎頎然。褧，襌也。國君夫人翟衣而嫁，今衣錦者，在塗之所服也。尚之以襌衣，爲其文之大著。
　　[二]東宮，齊大子也。女子後生曰妹。妻之姊妹曰姨。姊妹之夫曰私。
　《箋》云：陳此者，言莊姜容貌既美，兄弟皆正大。

手如柔荑，^[一]膚如凝脂，^[二]領如蝤蠐，^[三]齒如瓠犀，^[四]螓首蛾眉。^[五]巧笑倩兮，^[六]美目盼兮。^[七]

　　[一]如荑之新生。
　　[二]如脂之凝。
　　[三]領，頸也。蝤蠐，蝎蟲也。

〔一〕嫁則錦衣加褧襜　"襜"，底本誤作"僭"，據諸本改。

［四］瓠犀，瓠瓣。

［五］螓首，顙廣而方。

《箋》云：螓，謂蜻蜻也。

［六］倩，好口輔。

［七］盼，白黑分。

《箋》云：此章說莊姜容兒之美，所宜親幸。

碩人敖敖，說于農郊。［一］四牡有驕，朱幩鑣鑣，翟茀以朝。［二］大夫夙退［一］，無使君勞。［三］

［一］敖敖，長貌。農郊，近郊。

《箋》云：敖敖，猶頎頎也。說，當作"禭"；《禮》《春秋》之"禭"，讀皆宜同。衣服曰禭，今俗語然。此言莊姜始來，更正衣服于衛近郊。

［二］驕，壯貌［二］。幩，飾也。人君以朱纏鑣扇汗，且以爲飾。鑣鑣，盛貌。翟，翟車也。夫人以翟羽飾車。茀，蔽也。

《箋》云：此又言莊姜自近郊既正衣服，乘是車馬，以入君之朝。皆用嫡夫人之正禮，今而不答。

［三］大夫未退，君聽朝於路寢，夫人聽內事於正寢。大夫退，然後罷。

《箋》云：莊姜始來時，衛諸大夫朝夕者皆早退，無使君之勞倦者，以君夫人新爲妃耦，宜親親之故也。

〔一〕 大夫夙退 "夙"，底本誤作"宿"，據諸本改。
〔二〕 壯貌 "壯"，底本誤作"牡"，據諸本改。

河水洋洋，北流活活。施罛濊濊，鱣鮪發發。葭菼揭揭，庶姜孽孽，庶士有朅。^[一]

[一] 洋洋，盛大也。活活，流也。罛，魚罟。濊濊，施之水中。鱣，鯉也。鮪，鮥也。發發，盛皃。葭，蘆。菼，薍也。揭揭，長也。孽孽，盛飾。庶士，齊大夫送女者。朅，武壯貌。

《箋》云：庶姜，謂姪娣。此章言齊地廣饒，士女佼好，禮儀之備，而君何爲不答夫人？

《碩人》四章，章七句。

氓

《氓》，刺時也。宣公之時，禮義消亡，淫風大行，男女無別，遂相奔誘，華落色衰，復相棄背。或乃困而自悔，喪其妃耦，故序其事以風焉，美反正，刺淫泆也。

氓之蚩蚩，抱布貿絲。[一] 匪來貿絲，來即我謀。[二] 送子涉淇，至于頓丘。[三] 匪我愆期，子無良媒。[四] 將子無怒，秋以爲期。[五]

[一] 氓，民也。蚩蚩，敦厚之貌。布，幣也。

《箋》云：幣者，所以貿買物也。季春始蠶，孟夏賣絲。

[二]《箋》云：匪，非。即，就也。此民非來買絲，但來就我，欲與我謀爲室家也。

[三] 丘一成爲頓丘。

《箋》云：子者，男子之通稱。言民誘己，己乃送之涉淇水，至此頓丘，定室家之謀，且爲會期。

[四] 愆，過也。

《箋》云：良，善也。非我心欲過子之期，子無善媒來告期時。

[五] 將，願也。

《箋》云：將，請也。民欲爲近期，故語之曰：請子無怒[一]，秋以與子爲期。

〔一〕 請子無怒 "請"，底本誤作"清"，據諸本改。

乘彼垝垣，以望復關。[一]不見復關，泣涕漣漣。[二]既見復關，載笑載言。[三]爾卜爾筮，體無咎言。[四]以爾車來，以我賄遷。[五]

　　[一] 垝，毁也。復關，君子所近也〔一〕。
　　《箋》云：前既與民以秋爲期，期至，故登毁垣〔二〕，鄉其所近而望之，猶有廉恥之心，故因復關以託號民云。此時始秋也。
　　[二] 言其有一心乎君子，故能自悔。
　　《箋》云：用心專者怨必深。
　　[三] 《箋》云：則笑則言，喜之甚。
　　[四] 龜曰卜，蓍曰筮。體，兆卦之體。
　　《箋》云：爾，女也。復關既見此婦人，告之曰：我卜女筮女，宜爲室家矣。兆卦之繇，無凶咎之辭，言其皆吉。又誘定之。
　　[五] 賄，財。遷，徙也。
　　《箋》云：女，女復關也。信其卜筮皆吉，故答之曰：徑以女車來迎我，我以所有財賄徙就女也。

桑之未落，其葉沃若。于嗟鳩兮，無食桑葚。于嗟女兮，無與士耽。[一]士之耽兮，猶可説也。女之耽兮，不可説也。[二]

　　[一] 桑，女功之所起。沃若，猶沃沃然。鳩，鶻鳩也。食桑葚過，則醉而傷其性。耽，樂也。女與士耽，則傷禮義。

────────
〔一〕 君子所近也 "所"，底本誤作 "之"，據諸本改。
〔二〕 故登毁垣 "故登"，底本誤作 "文民"，據諸本改。

《箋》云：桑之未落，謂其時仲秋也。於是時，國之賢者刺此婦人見誘，故于嗟而戒之：鳩以非時食葚，猶女子嫁不以禮，耽非禮之樂。

[二]《箋》云：説，解也。士有百行，可以功過相除。至於婦人無外事，維以貞信爲節。

桑之落矣，其黃而隕。自我徂爾，三歲食貧。淇水湯湯，漸車帷裳。[一]女也不爽，士貳其行。[二]士也罔極，二三其德。[三]

[一] 隕，隋也。湯湯，水盛貌。帷裳，婦人之車也。

《箋》云：桑之落矣，謂其時季秋也。復關以此時車來迎己。徂，往也。我自是往之女家，女家乏穀食，已三歲貧矣。言此者，明己之悔，不以女今貧故也。帷裳，童容也。我乃渡深水，至漸車童容，猶冒此難而往。又明己專心於女。

[二] 爽，差也。

《箋》云：我心於女，故無差貳，而復關之行有二意。

[三] 極，中也。

三歲爲婦，靡室勞矣。[一]夙興夜寐，靡有朝矣。[二]言既遂矣，至于暴矣。[三]兄弟不知，咥其笑矣。[四]靜言思之，躬自悼矣。[五]

[一]《箋》云：靡，無也。無居室之勞，言不以婦事見困苦。有舅姑曰婦。

[二]《箋》云：無有朝者，常早起夜臥，非一朝然。言己亦不解惰。

［三］《箋》云：言，我也。遂，猶久也。我既久矣，謂三歲之後，見遇浸薄，乃至見酷暴。

［四］咥咥然笑。

《箋》云：兄弟在家，不知我之見酷暴。若其知之，則咥咥然笑我。

［五］悼，傷也。

《箋》云：靜，安。躬，身也。我安思君子之遇己無終，則身自哀傷。

及爾偕老，老使我怨。[一] 淇則有岸，隰則有泮。[二] 總角之宴，言笑晏晏，信誓旦旦。[三] 不思其反。[四] 反是不思，亦已焉哉。[五]

［一］《箋》云：及，與也。我欲與女俱至於老，老乎女反薄我，使我怨也。

［二］泮，坡也。

《箋》云：泮，讀爲畔；畔，涯也〔一〕。言淇與隰皆有厓岸，以自拱持，今君子放恣心意，曾無所拘制。

［三］總角，結髮也。晏晏，和柔也。信誓旦旦然。

《箋》云：我爲童女未笄，結髮晏然之時，女與我言笑晏晏然而和柔，我其以信相誓旦旦耳。言其懇惻款誠。

［四］《箋》云：反，復也。今老而使我怨，曾不復念其前言。

［五］《箋》云：已焉哉，謂此不可奈何。死生自決之辭。

《氓》六章，章十句。

〔一〕 涯也 "涯"，底本誤作"崖"，五山本同，相臺本作"厓"，據足利本、殿本、阮刻本改。

竹　竿

《竹竿》，衞女思歸也。適異國而不見答，思而能以禮者也。

籊籊竹竿，以釣于淇。^[一]豈不爾思？遠莫致之。^[二]

[一] 興也。籊籊，長而殺也。釣以得魚，如婦人待禮以成爲室家。

[二] 《箋》云：我豈不思與君子爲室家乎？君子疏遠己，己無由致此道。

泉源在左，淇水在右。^[一]女子有行，遠兄弟父母。^[二]

[一] 泉源，小水之源。淇水，大水也。

《箋》云：小水有流入大水之道，猶婦人有嫁於君子之禮。今水相與爲左右而已，亦以喻己不見答。

[二] 《箋》云：行，道也。女子有道當嫁耳，不以不答而違婦禮。

淇水在右，泉源在左。巧笑之瑳，佩玉之儺。^[一]

[一] 瑳，巧笑貌。儺，行有節度。

《箋》云：己雖不見答，猶不惡君子。美其容貌與禮儀也。

淇水滺滺，檜楫松舟。^[一]駕言出遊，以寫我憂。^[二]

〔一〕淲淲，流貌。檜，柏葉松身。楫，所以櫂舟〔一〕。舟楫相配，得水而行；男女相配，得禮而備。

《箋》云：此傷己今不得夫婦之禮。

〔二〕出遊，思鄉衞之道。

《箋》云：適異國而不見答，其除此憂，維有歸耳。

《竹竿》四章，章四句。

〔一〕 所以櫂舟 "舟"下，諸本有"也"字。

芄 蘭

《芄蘭》，刺惠公也。驕而無禮，大夫刺之。[一]

[一] 惠公以幼童即位，自謂有才能，而驕慢於大臣，但習威儀，不知爲政以禮〔一〕。

芄蘭之支，[一] 童子佩觿。[二] 雖則佩觿，能不我知？[三] 容兮遂兮，垂帶悸兮。[四]

[一] 興也。芄蘭，草也。君子之德，當柔潤溫良。
《箋》云：芄蘭柔弱，恒蔓延於地，有所依緣則起。興者，喻幼稚之君，任用大臣，乃能成其政。
[二] 觿，所以解結，成人之佩也。人君治成人之事，雖童子猶佩觿，早成其德。
[三] 不自謂無知，以驕慢人也。
《箋》云：此幼稚之君，雖佩觿與，其才能實不如我衆臣之所知爲也。惠公自謂有才能而驕慢，所以見刺。
[四] 容儀可觀，佩玉遂遂然，垂其紳帶，悸悸然有節度。
《箋》云〔二〕：容，容刀也。遂，瑞也。言惠公佩容刀與瑞，及垂紳帶三尺，則悸悸然，行止有節度，然其德不稱服。

〔一〕 不知爲政以禮 "以"，底本誤作"知"，據諸本改。
〔二〕 箋云 "云"，底本誤作"方"，據諸本改。

芄蘭之葉，[一]童子佩韘。[二]雖則佩韘，能不我甲？[三]容兮遂兮，垂帶悸兮。

[一]《箋》云：葉，猶支也。

[二]韘，玦〔一〕。能射御，則佩韘。

《箋》云：韘之言沓，所以彄沓手指。

[三]甲，狎也。

《箋》云：此君雖佩韘與，其才能實不如我衆臣之所狎習。

《芄蘭》二章，章六句。

〔一〕韘玦 "玦"下，諸本有"也"字。

河　廣

《河廣》，宋襄公母歸于衛，思而不止，故作是詩也。^[一]

[一] 宋桓公夫人，衛文公之妹，生襄公而出。襄公即位，夫人思宋，義不可往，故作詩以自止。

誰謂河廣，一葦杭之。^[一]誰謂宋遠，跂予望之。^[二]

[一] 杭，渡也。
《箋》云：誰謂河水廣與？一葦加之則可以渡之。喻狹也。今我之不渡，直自不往耳，非爲其廣。
[二]《箋》云：予，我也。誰謂宋國遠與？我跂足則可以望見之。亦喻近也。今我之不往，直以義不往耳，非爲其遠。

誰謂河廣，曾不容刀。^[一]誰謂宋遠，曾不崇朝。^[二]

[一]《箋》云：不容刀，亦喻狹。小船曰刀。
[二]《箋》云：崇，終也。行不終朝，亦喻近。

《河廣》二章，章四句。

伯兮

《伯兮》，刺時也。言君子行役，爲王前驅，過時而不反焉。[一]

[一] 衞宣公之時，蔡人、衞人、陳人從王伐鄭。伯也爲王前驅久，故家人思之。

伯兮朅兮，邦之桀兮。[一] 伯也執殳，爲王前驅。[二]

[一] 伯，州伯也。朅，武貌。桀，特立也。
《箋》云：伯，君子字也。桀，英桀，言賢也。
[二] 殳，長丈二而无刃。
《箋》云：兵車六等：軫也、戈也、人也、殳也、車戟也、酋矛也，皆以四尺爲差。

自伯之東，首如飛蓬。[一] 豈無膏沐，誰適爲容？[二]

[一] 婦人夫不在，无容飾。
[二] 適，主也。

其雨其雨，杲杲出日。[一] 願言思伯，甘心首疾。[二]

[一] 杲杲然日復出矣。
《箋》云：人言其雨其雨，而杲杲然日復出，猶我言伯且來、伯且

来，則復不來[一]。

［二］甘，厭也。

《箋》云：願，念也。我念思伯，心不能已，如人心嗜欲，所貪口味[二]，不能絕也。我憂思以生首疾。

焉得諼草，言樹之背？[一] 願言思伯，使我心痗。[二]

［一］諼草令人忘憂[三]。背，北堂也。

《箋》云：憂以生疾，恐將危身，欲忘之。

［二］痗，病也。

《伯兮》四章，章四句。

〔一〕 則復不來 "則"，底本誤奪，據諸本補。
〔二〕 所貪口味 "味"，底本誤作"朱"，據諸本改。
〔三〕 諼草令人忘憂 "忘"，底本誤作"志"，據諸本改。

有　狐

　　《有狐》，刺時也。衞之男女失時，喪其妃耦焉。古者，國有凶荒，則殺禮而多昏，會男女之無夫家者，所以育人民也。[一]

　　［一］育，生長也。

有狐綏綏，在彼淇梁。[一] 心之憂矣，之子無裳。[二]

　　［一］興也。綏綏，匹行貌。石絕水曰梁。
　　［二］之子，无室家者。在下曰裳，所以配衣也。
　　《箋》云：之子，是子也。時婦人喪其妃耦，寡而憂是子无裳，无爲作裳者。欲与爲室家。

有狐綏綏，在彼淇厲。[一] 心之憂矣，之子無帶。[二]

　　［一］厲，深可厲之旁。
　　［二］帶，所以申束衣。

有狐綏綏，在彼淇側。心之憂矣，之子無服。[一]

　　［一］言无室家，若人无衣服。

　　《有狐》三章，章四句。

木 瓜

　　《木瓜》，美齊桓公也。衞國有狄人之敗，出處于漕。齊桓公救而封之，遺之車馬器服焉。衞人思之，欲厚報之，而作是詩也。

投我以木瓜，報之以瓊琚。[一] 匪報也，永以爲好也。[二]

　[一] 木瓜，楙木也，可食之木。瓊，玉之美者。琚，佩玉名。
　[二]《箋》云：匪，非也。我非敢以瓊琚爲報木瓜之惠，欲令齊長以爲玩好，結己國之恩也。

投我以木桃，報之以瓊瑤。[一] 匪報也，永以爲好也。

　[一] 瓊瑤，美玉。

投我以木李，報之以瓊玖。[一] 匪報也，永以爲好也。[二]

　[一] 瓊玖，玉名。
　[二] 孔子曰："吾於《木瓜》，見苞苴之礼行。"
　《箋》云：以果實相遺者，必苞苴之。《尚書》曰："厥苞橘柚。"

《木瓜》三章，章四句。

　衞國十篇，三十四章，二百三句。

毛詩卷第四

毛詩卷第四

王黍離詁訓傳第六

毛詩國風　　　　　鄭氏箋

黍　離

《黍離》，閔宗周也。周大夫行役，至于宗周，過故宗廟宮室，盡爲禾黍。閔周室之顛覆，彷徨不忍去，而作是詩也。[一]

[一] 宗周，鎬京也，謂之西周；周，王城也，謂之東周。幽王之亂而宗周滅，平王東遷，政遂微弱，下列於諸侯。其詩不能復《雅》，而同於《國風》焉。

彼黍離離，彼稷之苗。[一]行邁靡靡，中心搖搖。[二]知我者，謂我心憂。[三]不知我者，謂我何求。[四]悠悠蒼天，此何人哉？[五]

[一] 彼，彼宗廟宮室。
《箋》云：宗廟宮室毀壞，而其地盡爲禾黍，我以黍離離時至，稷則尚苗。
[二] 邁，行也。靡靡，猶遲遲也。搖搖，憂無所愬。

《箋》云：行，道也。道行，猶行道也。

［三］《箋》云：知我者，知我之情。

［四］《箋》云：謂我何求，怪我久留不去。

［五］悠悠，遠意。蒼天，以體言之。尊而君之，則稱皇天[一]；元氣廣大，則稱昊天；仁覆閔下，則稱旻天；自上降監，則稱上天；據遠視之蒼蒼然，則稱蒼天。

《箋》云：遠乎蒼天，仰愬欲其察己言也。此亡國之君，何等人哉？疾之甚。

彼黍離離，彼稷之穗。[一]行邁靡靡，中心如醉。[二]知我者，謂我心憂。不知我者，謂我何求。悠悠蒼天，此何人哉？

［一］穗，秀也。詩人自黍離離見稷之穗，故歷道其所更見。

［二］醉於憂也。

彼黍離離，彼稷之實。[一]行邁靡靡，中心如噎。[二]知我者，謂我心憂。不知我者，謂我何求。悠悠蒼天，此何人哉？

［一］自黍離離，見稷之實。

［二］噎，憂不能息也。

《黍離》三章，章十句。

〔一〕則稱皇天 "皇"，底本誤作"旻"，據諸本改。

君子于役

《君子于役》，刺平王也。君子行役無期度，大夫思其危難以風焉。

君子于役，不知其期，曷至哉？〔一〕雞棲于塒，日之夕矣，羊牛下來。〔二〕君子于役，如之何勿思？〔三〕

〔一〕《箋》云：曷，何也。君子往行役，我不知其反期，何時當來至哉？思之甚。

〔二〕鑿牆而棲曰塒。

《箋》云：雞之將棲，日則夕矣，羊牛從下牧地而來〔一〕。言畜產出入，尚使有期節，至於行役者，乃反不也。

〔三〕《箋》云：行役多危難，我誠思之。

君子于役，不日不月，曷其有佸？〔一〕雞棲于桀，日之夕矣，羊牛下括。〔二〕君子于役，苟無飢渴？〔三〕

〔一〕佸，會也。

《箋》云：行役反無日月，何時而有來會期？

〔二〕雞棲于杙爲桀。括，至也。

〔三〕《箋》云：苟，且也。且得無飢渴，憂其飢渴也。

《君子于役》二章，章八句。

〔一〕羊牛從下牧地而來 "羊牛"，底本誤倒，五山本、相臺本同，據足利本、殿本、阮刻本乙正。

君子陽陽

《君子陽陽》，閔周也。君子遭亂，相招爲祿仕，全身遠害而已。[一]

[一] 祿仕者，苟得祿而已，不求道行。

君子陽陽，左執簧，右招我由房。[一] 其樂只且！[二]

[一] 陽陽，無所用其心也。簧，笙也。由，用也。國君有房中之樂。
《箋》云：由，從也。君子祿仕在樂官，左手持笙，右手招我，欲使我從之於房中，俱在樂官也。我者，君子之友自謂也。時在位，有官職也。
[二]《箋》云：君子遭亂，道不行，其且樂此而已。

君子陶陶，左執翿，右招我由敖。[一] 其樂只且！

[一] 陶陶，和樂貌。翿，纛也，翳也。
《箋》云：陶陶，猶陽陽也。翳，舞者所持，謂羽舞也。君子左手持羽，右手招我，欲使我從之於燕舞之位，亦俱在樂官也。

《君子陽陽》二章，章四句。

揚 之 水

《揚之水》，刺平王也。不撫其民，而遠屯戍于母家，周人怨思焉。[一]

[一] 怨平王恩澤不行於民，而久令屯戍，不得歸，思其鄉里之處者。言周人者，時諸侯亦有使人戍焉。平王母家申國，在陳、鄭之南，迫近彊楚。王室微弱，而數見侵伐，王是以戍之。

揚之水，不流束薪。[一] 彼其之子，不與我戍申。[二] 懷哉懷哉，曷月予還歸哉？[三]

[一] 興也。揚，激揚也。
《箋》云：激揚之水至湍迅，而不能流移束薪。興者，喻平王政教煩急，而恩澤之令不行于下民。
[二] 戍，守也。申，姜姓之國，平王之舅。
《箋》云[一]：之子，是子也。彼其是子，獨處鄉里，不與我來守申。是思之言也。其，或作"記"，或作"己"，讀聲相似。
[三]《箋》云：懷，安也。思鄉里處者，故曰今亦安不哉，安不哉，何月我得還歸見之哉？思之甚。

揚之水，不流束楚。[一] 彼其之子，不與我戍甫。[二] 懷哉懷哉，曷月予還歸哉？

〔一〕 箋云 此二字底本誤奪，據諸本補。

［一］楚，木也。

［二］甫，諸姜也。

揚之水，不流束蒲。^[一]彼其之子，不與我戍許。^[二]懷哉懷哉，曷月予還歸哉？

［一］蒲，草也。

《箋》云：蒲，蒲柳。

［二］許，諸姜也。

《揚之水》三章，章六句。

中谷有蓷

《中谷有蓷》，閔周也。夫婦日以衰薄，凶年饑饉，室家相棄爾。

中谷有蓷，暵其乾矣。^[一]有女仳離，嘅其嘆矣。^[二]嘅其嘆矣，遇人之艱難矣。^[三]

> [一] 興也。蓷，鵻也。暵，菸貌。陸草生於谷中，傷於水。
> 《箋》云：興者，喻人居平安之世，猶鵻之生於陸，自然也；遇衰亂凶年，猶鵻之生谷中，得水則病將死。
> [二] 仳，別也。
> 《箋》云：有女遇凶年而見棄，與其君子別離，嘅然而嘆，傷己見棄，其恩薄。
> [三] 艱，亦難也。
> 《箋》云：所以嘅然而嘆者，自傷遇君子之窮厄。

中谷有蓷，暵其脩矣。^[一]有女仳離，條其歗矣。^[二]條其歗矣，遇人之不淑矣。^[三]

> [一] 脩，且乾也〔一〕。
> [二] 條條然歗也。
> [三]《箋》云：淑，善也。君子於己不善也。

〔一〕 脩且乾也　此四字底本誤奪，據諸本補。

中谷有蓷，暵其濕矣。[一]有女仳離，啜其泣矣。[二]啜其泣矣，何嗟及矣。[三]

[一] 蓷遇水則濕。

《箋》云：蓷之傷於水，始則濕，中而脩，久而乾。有似君子於己之恩，徒用凶年深淺爲厚薄。

[二] 啜，泣兒。

[三]**《箋》云**：及，與也。泣者，傷其君子棄己。嗟乎，將復何與爲室家乎？此其有餘厚於君子也。

《中谷有蓷》三章，章六句。

兔爰

《兔爰》，閔周也。桓王失信，諸侯背叛，構怨連禍，王師傷敗，君子不樂其生焉。[一]

[一]"不樂其生"者，寐不欲覺之謂也。

有兔爰爰，雉離于羅。[一]我生之初，尚無爲。[二]我生之後，逢此百罹，尚寐無吪。[三]

[一]興也。爰爰，緩意。鳥網爲羅。言爲政有緩有急，用心之不均。

《箋》云：有緩者，有所聽縱也；有急者，有所躁蹙也。

[二]尚無成人爲也。

《箋》云：尚，庶幾也。言我幼稚之時，庶幾於無所爲。謂軍役之事也。

[三]罹，憂。吪，動也。

《箋》云：我長大之後，乃遇此軍役之多憂，今但庶幾於寐，不欲見動。無所樂生之甚。

有兔爰爰，雉離于罦。[一]我生之初，尚無造。[二]我生之後，逢此百憂，尚寐無覺。

[一]罦，覆車也。

[二]造，爲也。

有兔爰爰，雉離于罿。[一]我生之初，尚無庸。[二]我生之後，逢此百凶，尚寐無聰。[三]

［一］罿，罬也。
［二］庸，用也。
《箋》云：庸，勞也。
［三］聰，聞也。
《箋》云：百凶者，王構怨連禍之凶。

《兔爰》三章，章七句。

葛藟

《葛藟》，王族刺平王也。周室道衰，棄其九族焉。[一]

[一] 九族者，據己上至高祖，下及玄孫之親。

緜緜葛藟，在河之滸。[一] 終遠兄弟，謂他人父。[二] 謂他人父，亦莫我顧。[三]

[一] 興也。緜緜，長不絕之貌。水厓曰滸。
《箋》云：葛也、藟也，生於河之厓，得其潤澤，以長大而不絕。興者，喻王之同姓得王之恩施，以生長其子孫。
[二] 兄弟之道，已相遠矣。
《箋》云：兄弟，猶言族親也。王寡於恩施，今已遠棄族親矣，是我謂他人爲己父。族人尚親親之辭。
[三] 《箋》云：謂他人爲己父，無恩於我，亦無顧眷我之意。

緜緜葛藟，在河之涘。[一] 終遠兄弟，謂他人母。[二] 謂他人母，亦莫我有。[三]

[一] 涘，厓也。
[二] 王又無母恩。
[三] 《箋》云：有，識有也。

緜緜葛藟，在河之漘。[一] 終遠兄弟，謂他人昆。[二] 謂他

人昆,亦莫我聞。[三]

[一]漘,水隒也。

[二]昆,兄也。

[三]《箋》云:不與我相聞命也。

《葛藟》三章,章六句。

采 葛

《采葛》,懼讒也。[一]

[一] 桓王之時,政事不明,臣無大小,使出者則爲讒人所毀〔一〕,故懼之。

彼采葛兮,一日不見,如三月兮。[一]

[一] 興也。葛,所以爲絺綌也〔二〕。事雖小,一日不見於君,憂懼於讒矣。
《箋》云:興者,以采葛喻臣以小事使出。

彼采蕭兮,一日不見,如三秋兮。[一]

[一] 蕭,所以共祭祀。
《箋》云:彼采蕭者,喻臣以大事使出。

彼采艾兮,一日不見,如三歲兮。[一]

[一] 艾,所以療疾。
《箋》云:彼采艾者,喻臣以急事使出。

《采葛》三章,章三句。

〔一〕 使出者則爲讒人所毀 "出者",底本誤倒,據諸本乙正。
〔二〕 所以爲絺綌也 "綌",底本誤作"絡",據諸本改。

大　車

　　《大車》，刺周大夫也。禮義陵遲，男女淫奔，故陳古以刺今大夫不能聽男女之訟焉。

大車檻檻，毳衣如菼。[一] 豈不爾思？畏子不敢。[二]

　　[一] 大車，大夫之車。檻檻，車行聲也。毳衣，大夫之服。菼，鵻也，蘆之初生者也。天子大夫四命，其出封五命，如子男之服，乘其大車檻檻然，服毳冕以決訟。

　　《箋》云：菼，薍也。古者，天子大夫服毳冕以巡行邦國，而決男女之訟，則是子男入爲大夫者。毳衣之屬，衣繢而裳繡[一]，皆有五色焉。其青者如鵻。

　　[二] 畏子大夫之政，終不敢。

　　《箋》云：此二句者，古之欲淫奔者之辭。我豈不思與女以爲無禮與？畏子大夫來聽訟，將罪我，故不敢也。子者，稱所尊敬之辭。

大車啍啍，毳衣如璊。[一] 豈不爾思？畏子不奔。

　　[一] 啍啍，重遲之皃。璊，赬也。

穀則異室，死則同穴。謂予不信，有如皦日！[一]

〔一〕衣繢而裳繡　"繢"，底本誤作"繡"，據諸本改。

168

[一] 穀，生。瞰，白也。生在於室，則外內異；死則神合同爲一也。

《箋》云：穴，謂塚壙中也。此章言古之大夫聽訟之政，非但不敢淫奔，乃使夫婦之禮有別。今之大夫不能然，反謂我言不信。我言之信，如白日也。刺其闇於古礼。

《大車》三章，章四句。

丘中有麻

《丘中有麻》,思賢也。莊王不明,賢人放逐,國人思之,而作是詩也。[一]

[一] 思之者,思其來,已得見之。

丘中有麻,彼留子嗟。[一] 彼留子嗟,將其來施施。[二]

[一] 留,大夫氏。子嗟,字也。丘中墝埆之處,盡有麻枲草木,乃彼子嗟之所治。

《箋》云:子嗟放逐於朝,去治卑賤之職而有功,所在則治理,所以爲賢。

[二] 施施,難進之意。

《箋》云:施施,舒行伺閒[一],獨來見己之貌。

丘中有麥,彼留子國。[一] 彼留子國,將其來食。[二]

[一] 子國,子嗟父。

《箋》云:言子國使丘中有麥,著其世賢。

[二] 子國復來,我乃得食。

《箋》云:言其將來食,庶其親己,己得厚待之[二]。

〔一〕 舒行伺閒 "閒",底本誤作"間",足利本、五山本同,據相臺本、殿本、阮刻本改。
〔二〕 已得厚待之 "待",底本誤作"得",據諸本改。

丘中有李，彼留之子。[一]彼留之子，貽我佩玖。[二]

[一]《箋》云：丘中而有李，又留氏之子所治。

[二]玖，石次玉者。言能遺我美寶。

《箋》云：留氏之子，於思者則朋友之子，庶其敬己而遺己也。

《丘中有麻》三章，章四句。

王國十篇，二十八章，百六十二句。

鄭緇衣詁訓傳第七

毛詩國風　　　　　鄭氏箋

緇　衣

《緇衣》，美武公也。父子並爲周司徒，善於其職，國人宜之，故美其德，以明有國善善之功焉。[一]

[一] 父，謂武公父桓公也。司徒之職，掌十二教。善善者，治之有功也。鄭國之人，皆謂桓公、武公居司徒之官，正得其宜。

緇衣之宜兮，敝予又改爲兮。[一] 適子之館兮，還予授子之粲兮。[二]

[一] 緇，黑色，卿士聽朝之正服也[一]。改，更也。有德君子，宜世居卿士之位焉。
《箋》云：緇衣者，居私朝之服也。天子之朝服，皮弁服也。
[二] 適，之。館，舍。粲，餐也。諸侯入爲天子卿士，受采祿。
《箋》云：卿士所之之館，在天子之宮，如今之諸廬也。自館還在采地之都，我則設餐以授之。愛之，欲飲食之也。

緇衣之好兮，敝予又改造兮。[一] 適子之館兮，還予授子

〔一〕 卿士聽朝之正服也　"士"，底本誤作"大"，據諸本改。

之粲兮。

［一］好，猶宜也。

《箋》云：造，爲也。

緇衣之蓆兮，敝予又改作兮。^[一]適子之館兮，還予授子之粲兮。

［一］蓆，大也。

《箋》云：作，爲也。

《緇衣》三章，章四句。

將 仲 子

《將仲子》，刺莊公也。不勝其母，以害其弟。弟叔失道，而公弗制，祭仲諫而公弗聽，小不忍以致大亂焉。[一]

> [一] 莊公之母，謂武姜。生莊公及弟叔段。段好勇而無禮，公不早爲之所，而使驕慢。

將仲子兮，無踰我里，無折我樹杞。[一]豈敢愛之？畏我父母。[二]仲可懷也，父母之言，亦可畏也。[三]

> [一] 將，請也。仲子，祭仲也。踰，越。里，居也。二十五家爲里。杞，木名也。折，言傷害也。
> 《箋》云：祭仲驟諫，莊公不能用其言，故言請，固拒之。無踰我里，喻言無干我親戚也。無折我樹杞，喻言無傷害我兄弟也。仲初諫曰："君將与之，臣請事之。君若不与，臣請除之。"
> [二]《箋》云：段將爲害，我豈敢愛之而不誅与？以父母之故，故不爲也。
> [三]《箋》云：懷私曰懷。言仲子之言可私懷也，我迫於父母有言，不得從也。

將仲子兮，無踰我牆，無折我樹桑。[一]豈敢愛之？畏我諸兄。[二]仲可懷也，諸兄之言，亦可畏也。

〔一〕牆，垣也。桑，木之衆也。
〔二〕諸兄，公族。

將仲子兮，無踰我園，無折我樹檀。〔一〕豈敢愛之？畏人之多言。仲可懷也，人之多言，亦可畏也。

〔一〕園，所以樹木〔一〕。檀，彊忍之木。

《將仲子》三章，章八句。

─────────
〔一〕 所以樹木 "木"下，諸本有"也"字。

叔 于 田

　《叔于田》，刺莊公也。叔處于京，繕甲治兵，以出于田，國人說而歸之。[一]

　[一] 繕之言善也。甲，鎧也。

叔于田，巷無居人。[一]豈無居人？不如叔也，洵美且仁。[二]

　[一] 叔，大叔段也。田，取禽也。巷，里塗也。
　《箋》云：叔往田，國人注心于叔，似如無人處。
　[二]《箋》云：洵，信也。言叔信美好而又仁。

叔于狩，巷無飲酒。[一]豈無飲酒？不如叔也，洵美且好。

　[一] 冬獵曰狩。
　《箋》云：飲酒，謂燕飲也。

叔適野，巷無服馬。[一]豈無服馬？不如叔也，洵美且武。[二]

　[一]《箋》云：適，之也。郊外曰野。服馬，猶乘馬也。
　[二]《箋》云：武，有武節。

　《叔于田》三章，章五句。

大叔于田

《大叔于田》，刺莊公也。叔多才而好勇，不義而得衆也。

大叔于田，乘乘馬。[一] 執轡如組，兩驂如舞。[二] 叔在藪，火烈具舉。[三] 襢裼暴虎，獻于公所。[四] 將叔無狃，戒其傷女。[五]

[一] 叔之從公田也。

[二] 驂之與服，和諧中節。

《箋》云：如組者，如織組之爲也。在旁曰驂。

[三] 藪，澤，禽之府也。烈，列。具，俱也。

《箋》云：列人持火俱舉，言衆同心。

[四] 襢裼，肉袒也〔一〕。暴虎，空手以搏之。

《箋》云：獻于公所，進於君也。

[五] 狃，習也。

《箋》云：狃，復也。請叔無復者，愛也。

叔于田，乘乘黃。[一] 兩服上襄，兩驂鴈行。[二] 叔在藪，火烈具揚。[三] 叔善射忌，又良御忌。[四] 抑磬控忌，抑縱送忌。[五]

[一] 四馬皆黃。

〔一〕 肉袒也 "袒"，底本誤作"祖"，據諸本改。

［二］《箋》云：兩服，中央夾轅者。襄，駕也。上駕者，言爲衆馬之最良也。鴈行者，言与中服相次序。

［三］揚〔一〕，揚光也。

［四］忌，辭也。

《箋》云：良，亦善也。忌，讀如"彼己之子"之"己"。

［五］騁馬曰馨〔二〕。止馬曰控。發矢曰縱。從禽曰送。

叔于田，乘乘鴇。[一] 兩服齊首，[二] 兩驂如手。[三] 叔在藪，火烈具阜。[四] 叔馬慢忌，叔發罕忌，[五] 抑釋掤忌，抑鬯弓忌。[六]

［一］驪白雜毛曰鴇。

［二］馬首齊也。

［三］進止如御者之手。

《箋》云：如人左右手之相佐助也。

［四］阜，盛也。

［五］慢，遲。罕，希也。

《箋》云：田事且畢，則其馬行遲，發矢希。

［六］掤，所以覆矢。鬯弓，韜弓。

《箋》云：射者蓋矢韜弓，言田事畢。

《大叔于田》三章，章十句。

──────────

〔一〕揚　"揚"，底本誤作"楊"，據諸本改。

〔二〕騁馬曰馨　"騁"，底本誤作"聘"，據諸本改。

清　人

　　《清人》，刺文公也。高克好利而不顧其君，文公惡而欲遠之，不能，使高克將兵而禦狄于竟。陳其師旅，翱翔河上，久而不召，衆散而歸，高克奔陳。公子素惡高克進之不以禮，文公退之不以道，危國亡師之本，故作是詩也。[一]

　　[一] 好利不顧其君，注心於利也。禦狄于竟，時狄侵衛。

清人在彭，駟介旁旁。[一] 二矛重英，河上乎翱翔。[二]

　　[一] 清，邑也。彭，衛之河上，鄭之郊也。介，甲也。
　　《箋》云：清者，高克所帥衆之邑也。駟，四馬也。
　　[二] 重英，矛有英飾也。
　　《箋》云：二矛，酋矛、夷矛也[一]，各有畫飾。

清人在消，駟介麃麃。[一] 二矛重喬，河上乎逍遥。[二]

　　[一] 消[二]，河上地也。麃麃，武貌。
　　[二] 重喬，累荷也。
　　《箋》云：喬，矛矜近上及室題，所以縣毛羽也。

〔一〕 酋矛夷矛也　上"矛"，底本誤作"柔"，據諸本改。
〔二〕 消　"消"，底本誤作"清"，據諸本改。

清人在軸,駟介陶陶。^[一] 左旋右抽,中軍作好。^[二]

[一] 軸,河上地也。陶陶,驅馳之貌。

[二] 左旋,講兵。右抽,抽矢以射。居軍中爲容好。

《箋》云:左,左人〔一〕,謂御者。右,車右也。中軍,謂將也。高克之爲將,久不得歸,日使其御者習旋車。車右抽刃,自居中央,爲軍之容好而已。兵車之法,將居鼓下,故御者在左。

《清人》三章,章四句。

―――――――

〔一〕 左人 "左",底本誤作"右",據諸本改。

羔　裘

《羔裘》，刺朝也。言古之君子，以風其朝焉。[一]

[一] 言，猶道也。鄭自莊公而賢者陵遲[一]，朝無忠正之臣，故刺之。

羔裘如濡，洵直且侯。[一] 彼其之子，舍命不渝。[二]

[一] 如濡，潤澤也。洵，均。侯，君也。

《箋》云：緇衣、羔裘，諸侯之朝服也。言古朝廷之臣，皆忠直且君也。君者，言"正其衣冠，尊其瞻視，儼然人望而畏之"。

[二] 渝，變也。

《箋》云：舍，猶處也。之子，是子也。是子處命不變，謂守死善道，見危授命之等。

羔裘豹飾，孔武有力。[一] 彼其之子，邦之司直。[二]

[一] 豹飾，緣以豹皮也。孔，甚也。

[二] 司，主也[二]。

羔裘晏兮，三英粲兮。[一] 彼其之子，邦之彦兮。[二]

〔一〕 鄭自莊公而賢者陵遲　"遲"，底本誤作"運"，據諸本改。
〔二〕 主也　"主"，底本誤作"王"，據諸本改。

［一］晏，鲜盛貌。三英，三德也。

《笺》云：三德，刚克、柔克、正直也。粲，众意。

［二］彦，士之美称。

《羔裘》三章，章四句。

遵 大 路

《遵大路》,思君子也。莊公失道,君子去之,國人思望焉。

遵大路兮,摻執子之袪兮。[一]無我惡兮,不寁故也。[二]

[一]遵,循。路,道。摻,擥。袪,袂也。
《箋》云:思望君子,於道中見之,則欲擥持其袂而留之。
[二]寁,速也。
《箋》云:子無惡我擥持子之袂,我乃以莊公不速於先君之道,使我然。

遵大路兮,摻執子之手兮。[一]無我魗兮,不寁好也。[二]

[一]《箋》云:言執手者,思望之甚。
[二]魗,棄也。
《箋》云:魗,亦惡也。好,猶善也。子無惡我,我乃以莊公不速於善道,使我然。

《遵大路》二章,章四句。

女曰雞鳴

　　《女曰雞鳴》，刺不說德也。陳古義以刺今，不說德而好色也。[一]

　　[一] 德，謂士大夫賓客有德者。

女曰雞鳴，士曰昧旦。[一] 子興視夜，明星有爛。[二] 將翱將翔，弋鳧與鴈。[三]

　　[一]《箋》云：此夫婦相警覺以夙興，言不留色也。
　　[二] 言小星已不見也。
　　《箋》云：明星尚爛爛然，蚤於別色時。
　　[三] 閒於政事，則翱翔習射。
　　《箋》云：弋，繳射也。言無事則往弋射鳧鴈，以待賓客，爲
　　　　燕具。

弋言加之，與子宜之。[一] 宜言飲酒，與子偕老。[二] 琴瑟在御，莫不靜好。[三]

　　[一] 宜，肴也。
　　《箋》云：言，我也。子，謂賓客也。所弋之鳧鴈，我以爲加豆之
　　　　實，與君子共肴也。
　　[二]《箋》云：宜乎我燕樂賓客而飲酒，與之俱至老。親愛之
　　　　言也。

［三］君子無故不徹琴瑟，賓主和樂，無不安好。

知子之來之，雜佩以贈之。^[一]知子之順之，雜佩以問之。^[二]知子之好之，雜佩以報之。^[三]

［一］雜佩者，珩、璜、琚、瑀、衝牙之類。

《箋》云：贈，送也。我若知子之必來，我則豫儲雜佩，去則以送子也。與異國賓客燕時，雖無此物，猶言之以致其厚意。其若有之，固將行之。士大夫以君命出使，主國之臣必以燕禮樂之，助君之歡。

［二］問，遺也。

《箋》云：順，謂與己和順。

［三］《箋》云：好，謂與己同好。

《女曰雞鳴》三章，章六句。

有女同車

　　《有女同車》，刺忽也。鄭人刺忽之不昏于齊。大子忽嘗有功于齊，齊侯請妻之。齊女賢而不取，卒以無大國之助，至於見逐，故國人刺之。[一]

　　[一] 忽，鄭莊公世子。祭仲逐之而立突。

有女同車，顏如舜華。[一] 將翱將翔，佩玉瓊琚。[二] 彼美孟姜，洵美且都。[三]

　　[一] 親迎同車也。舜，木槿也。
　　《箋》云：鄭人刺忽不取齊女，親迎与之同車，故稱同車之礼、齊女之美。
　　[二] 佩有琚、瑀，所以納間。
　　[三] 孟姜，齊之長女[一]。都，閑也。
　　《箋》云：洵，信也。言孟姜信美好，且閑習婦礼。

有女同行，顏如舜英。[一] 將翱將翔，佩玉將將。[二] 彼美孟姜，德音不忘。[三]

　　[一] 行，行道也。英，猶華也。
　　《箋》云：女始乘車，壻御輪三周，御者代壻。

―――――
〔一〕齊之長女 "之"，底本誤奪，五山本同，據足利本、相臺本、殿本、阮刻本補。

［二］將將,鳴玉而後行。

［三］《箋》云:不忘者,後世傳道其德也。

《有女同車》二章,章六句。

山有扶蘇

《山有扶蘇》，刺忽也。所美非美然。[一]

[一] 言忽所美之人，實非美人。

山有扶蘇，隰有荷華。[一] 不見子都，乃見狂且。[二]

[一] 興也。扶蘇，扶胥，小木也。荷華，扶渠也。其華菡萏。言高下大小各得其宜也。

《箋》云：興者，扶胥之木生于山，喻忽置不正之人于上位也；荷華生于隰，喻忽置有美德者于下位。此言其用臣顛倒，失其所也。

[二] 子都，世之美好者也。狂，狂人也。且，辭也。

《箋》云：人之好美色，不往覩子都，乃反往覩狂醜之人。以興忽好善，不任用賢者，反任用小人。其意同。

山有橋松，隰有游龍。[一] 不見子充，乃見狡童。[二]

[一] 松，木也。龍，紅草也。

《箋》云：游龍，猶放縱也。橋松在山上，喻忽無恩澤於大臣也；紅草放縱支葉於隰中[一]，喻忽聽恣小臣。此又言養臣顛倒，

〔一〕 紅草放縱支葉於隰中 "支"，底本誤作 "友"，足利本、殿本、阮刻本作 "枝"，據五山本、相臺本改。

失其所也。

［二］子充，良人也〔一〕。狡童，昭公也。

《箋》云：人之好忠良之人，不往覯子充，乃反往覯狡童。狡童有貌而無實。

《山有扶蘇》二章，章四句。

〔一〕 良人也　"良"，底本誤作"長"，據諸本改。

蘀兮

《蘀兮》，刺忽也。君弱臣強，不倡而和也。[一]

[一] 不倡而和，君臣各失其礼，不相倡和。

蘀兮蘀兮，風其吹女。[一] 叔兮伯兮，倡予和女。[二]

[一] 興也。蘀，槁也。人臣待君倡而後和[一]。
《箋》云：槁，謂木葉也。木葉槁，待風乃落。興者，風，喻號令也。喻君有政教，臣乃行之。言此者，刺今不然。
[二] 叔、伯，言群臣長幼也。君倡臣和也。
《箋》云：叔、伯，群臣相謂也。群臣無其君而行，自以彊弱相服。女倡矣，我則將和之。言此者，刺其自專也。叔伯，兄弟之稱。

蘀兮蘀兮，風其漂女。[一] 叔兮伯兮，倡予要女。[二]

[一] 漂，猶吹也。
[二] 要，成也。

《蘀兮》二章，章四句。

〔一〕 人臣待君倡而後和 "倡"，底本誤作"唱"，據諸本改。後"君倡臣和"同。

狡 童

《狡童》，刺忽也。不能與賢人圖事，權臣擅命也。[一]

[一] 權臣擅命，祭仲專也。

彼狡童兮，不與我言兮。[一]維子之故，使我不能餐兮。[二]

[一] 昭公有壯狡之志。
《箋》云："不與我言"者，賢者欲與忽圖國之政事，而忽不能受之，故云然。
[二] 憂懼不遑餐也。

彼狡童兮，不與我食兮。[一]維子之故，使我不能息兮。[二]

[一] 不與賢人共食祿〔一〕。
[二] 憂不能息也。

《狡童》二章，章四句。

〔一〕 不與賢人共食祿 "不"，底本誤作"下"，據諸本改。

褰 裳

《褰裳》，思見正也。狂童恣行，國人思大國之正己也。[一]

[一]"狂童恣行"，謂突與忽爭國，更出更入，而無大國正之。

子惠思我，褰裳涉溱。[一] 子不我思，豈無他人？[二] 狂童之狂也且。[三]

[一] 惠，愛也。溱，水名也。
《箋》云：子者，斥大國之正卿。子若愛而思我，我國有突篡國之事，而可征而正之，我則揭衣渡溱水，往告難也。
[二]《箋》云：言"他人"者，先鄉齊、晉、宋、衞，後之荆楚。
[三] 狂行童昏所化也。
《箋》云：狂童之人，日爲狂行，故使我言此也。

子惠思我，褰裳涉洧。[一] 子不我思，豈無他士？[二] 狂童之狂也且。

[一] 洧，水名也。
[二] 士，事也。
《箋》云：他士，猶他人也。大國之卿，當天子之上士。

《褰裳》二章，章五句。

丰

《丰》，刺亂也。昏姻之道缺，陽倡而陰不和，男行而女不隨。[一]

[一]"昏姻之道"，謂嫁取之禮。

子之丰兮，俟我乎巷兮。[一]悔予不送兮。[二]

[一]丰，豐滿也。巷，門外也。
《箋》云：子，謂親迎者。我，我將嫁者。有親迎我者，面貌丰丰然豐滿，善人也，出門而待我於巷中。
[二]時有違而不至者。
《箋》云：悔乎我不送是子而去也。時不送，則爲異人之色，後不得耦而思之。

子之昌兮，俟我乎堂兮。[一]悔予不將兮。[二]

[一]昌，盛壯貌。
《箋》云：堂，當爲"棖"；棖，門梱上木近邊者。
[二]將，行也。
《箋》云：將，亦送也。

衣錦褧衣，裳錦褧裳。[一]叔兮伯兮，駕予與行。[二]

［一］衣錦褧裳，嫁者之服。

《箋》云：褧，襌也，蓋以襌縠爲之。中衣裳用錦，而上加襌縠焉，爲其文之大著也。庶人之妻嫁服也。士妻紂衣、纁袡。

［二］叔、伯，迎己者。

《箋》云：言此者，以前之悔，今則叔也伯也，來迎己者從之。志又易也。

裳錦褧裳，衣錦褧衣。叔兮伯兮，駕予與歸。

《丰》四章，二章章三句，二章章四句。

東門之墠

《東門之墠》,刺亂也。男女有不待禮而相奔者也。

東門之墠,茹藘在阪。^{〔一〕}其室則邇,其人甚遠。^{〔二〕}

[一] 東門,城東門也。墠,除地町町者。茹藘,茅蒐也。男女之際,近而易,則如東門之墠;遠而難,則如茹藘在阪。

《箋》云:城東門之外有墠,墠邊有阪,茅蒐生焉。茅蒐之爲難淺矣,易越而出。此女欲奔男之辭。

[二] 邇,近也。得禮則近,不得禮則遠。

《箋》云:其室則近,謂所欲奔男之家。望其來迎己,而不來,則爲遠。

東門之栗,有踐家室。^{〔一〕}豈不爾思?子不我即。^{〔二〕}

[一] 栗,行上栗也。踐,淺也。

《箋》云:栗而在淺家室之內,言易竊取〔一〕。栗,人所啗食而甘者〔二〕,故女以自喻也。

[二] 即,就也。

《箋》云:我豈不思望女乎?女不就迎我而俱去耳。

《東門之墠》二章,章四句。

〔一〕 言易竊取 "竊",底本誤作"切",據諸本改。
〔二〕 人所啗食而甘耆 "耆",底本誤作"嗜",五山本同,據足利本、相臺本、殿本、阮刻本改。

風　雨

　　《風雨》，思君子也。亂世則思君子不改其度焉。

風雨淒淒，雞鳴喈喈。[一] 既見君子，云胡不夷？[二]

　　[一] 興也。風且雨淒淒然，雞猶守時而鳴喈喈然。
　　《箋》云：興者，喻君子雖居亂世，不變改其節度。
　　[二] 胡，何。夷，說也。
　　《箋》云：思而見之，云何而心不說。

風雨瀟瀟，雞鳴膠膠。[一] 既見君子，云胡不瘳？[二]

　　[一] 瀟瀟，暴疾也。膠膠，猶喈喈也。
　　[二] 瘳，愈也。

風雨如晦，雞鳴不已。[一] 既見君子，云胡不喜？

　　[一] 晦，昏也。
　　《箋》云：已，止也。雞不爲如晦而止不鳴。

　　《風雨》三章，章四句。

子　衿

《子衿》，刺學校廢也。亂世則學校不脩焉。[一]

[一] 鄭國謂學爲校，言可以校正道藝。

青青子衿，悠悠我心。[一] 縱我不往，子寧不嗣音？[二]

[一] 青衿，青領也，學子之所服。
《箋》云：學子而俱在學校之中，己留彼去，故隨而思之耳。礼：父母在，衣純以青。
[二] 嗣，習也。古者，教以詩樂，誦之歌之，弦之舞之。
《箋》云：嗣，續也。女曾不傳聲問我，以恩責其忘己。

青青子佩，悠悠我思。[一] 縱我不往，子寧不來？[二]

[一] 佩，佩玉也。士佩瓀珉而青組綬。
[二] 不來者，言不一來也。

挑兮達兮，在城闕兮。[一] 一日不見，如三月兮。[二]

[一] 挑達，往來相見貌。乘城而見闕。
《箋》云：國亂，人廢學業，但好登高，見於城闕，以候望爲樂。
[二] 言礼樂不可一日而廢。
《箋》云：君子之學，"以文會友，以友輔仁"，"獨學而無友，則

孤陋而寡闻",故思之甚。

《子衿》三章,章四句。

揚 之 水

《揚之水》，閔無臣也。君子閔忽之無忠臣良士，終以死亡，而作是詩也。

揚之水，不流束楚。〔一〕終鮮兄弟，維予與女。〔二〕無信人之言，人實迋女〔一〕。〔三〕

[一] 揚，激揚也〔二〕。激揚之水，可謂不能流漂束楚乎？
《箋》云：激揚之水，喻忽政教亂促。不流束楚，言其政不行於臣下。
[二]《箋》云：鮮，寡也。忽兄弟爭國，親戚相疑，後竟寡於兄弟之恩，獨我与女有耳。作此詩者，同姓臣也。
[三] 迋，誑也。

揚之水，不流束薪。終鮮兄弟，維予二人。〔一〕無信人之言，人實不信。

[一] 二人同心也。
《箋》云：二人者，我身與女忽。

《揚之水》二章，章六句。

〔一〕 人實迋女 "迋"，底本誤作"廷"，據諸本改。下鄭《箋》"迋，誑也"同。
〔二〕 激揚也 "揚"，底本誤作"楊"，據諸本改。

出其東門

《出其東門》，閔亂也。公子五爭，兵革不息，男女相棄，民人思保其室家焉。[一]

[一]"公子五爭"者，謂突再也[一]，忽、子亹、子儀各一也。

出其東門，有女如雲。[一]雖則如雲，匪我思存。[二]縞衣綦巾，聊樂我員。[三]

[一]如雲，衆多也。
《箋》云：有女，謂諸見棄者也。如雲者，如雲從風，東西南北，心無有定。
[二]思不存乎相救急。
《箋》云：匪，非也。此如雲者，皆非我思所存也。
[三]縞衣，白色，男服也。綦巾，蒼艾色，女服也。願室家得相樂[二]。
《箋》云：縞衣綦巾，所爲作者之妻服也。時亦棄之，迫兵革之難，不能相畜，心不忍絕，故言且留樂我員。此思保其室家，窮困不得有其妻，而以衣巾言之，恩不忍斥之。綦，綦文也。

出其闉闍，有女如荼。[一]雖則如荼，匪我思且。[二]縞衣

〔一〕謂突再也 "謂"，底本誤奪，據諸本補。
〔二〕願室家得相樂 "樂"下，諸本有"也"字。

茹藘，聊可與娛。[三]

［一］闍，曲城也。闉，城臺也。荼，英荼也。言皆喪服也。

《箋》云：闍，讀當如"彼都人士"之"都"，謂國外曲城之中市里也。荼，茅秀，物之輕者，飛行無常。

［二］《箋》云：匪我思且，猶非我思存也。

［三］茹藘，茅蒐之染女服也。娛，樂也。

《箋》云：茅蒐，染巾也。聊可與娛，且可留與我爲樂。心欲留之言也。

《出其東門》二章，章六句。

野有蔓草

《野有蔓草》，思遇時也。君之澤不下流，民窮於兵革[一]，男女失時，思不期而會焉。[二]

[一] 不期而會，謂不相與期而自俱會。

野有蔓草，零露漙兮。[一]有美一人，清揚婉兮。邂逅相遇，適我願兮。[二]

[一] 興也。野，四郊之外。蔓，延也。漙漙然盛多也。
《箋》云：零，落也。蔓草而有露，謂仲春之時，草始生，霜爲露也。《周礼》："仲春之月，令會男女之無夫家者。"
[二] 清揚，眉目之間。婉然美也。邂逅，不期而會。適其時願。

野有蔓草，零露瀼瀼。[一]有美一人，婉如清揚。邂逅相遇，與子偕臧[二]。[二]

[一] 瀼瀼，盛皃。
[二] 臧，善也。

《野有蔓草》二章，章六句。

〔一〕 民窮於兵革 "兵革"，底本誤作"蔓草"，據諸本改。
〔二〕 與子偕臧 "偕"，底本誤作"皆"，足利本、阮刻本同，據五山本、相臺本、殿本改。

溱洧

《溱洧》，刺亂也。兵革不息，男女相棄，淫風大行，莫之能救焉。[一]

[一] 救，猶止也。亂者，士與女合會溱、洧之上。

溱與洧，方渙渙兮。[一] 士與女，方秉蘭兮。[二] 女曰觀乎，士曰既且。[三] 且往觀乎，洧之外，洵訏且樂。[四] 維士與女，伊其相謔，贈之以勺藥。[五]

[一] 溱、洧，鄭兩水名。渙渙，春水盛也。
《箋》云：仲春之時，冰以釋[一]，水則渙渙然。
[二] 蕑，蘭也。
《箋》云[二]：男女相棄，各無匹耦，感春氣，並出，託采芬香之草[三]，而為淫泆之行。
[三]《箋》云：女曰："觀乎？"欲與士觀於寬閒之處。既，已也。士曰已觀矣，未從之也[四]。
[四] 訏，大也。
《箋》云：洵，信也。女情急，故勸男使往觀於洧之外，言其土地信寬大又樂也，於是男則往也。

〔一〕 冰以釋 "冰"，底本誤作"水"，據諸本改。
〔二〕 箋云 此二字底本誤奪，據諸本補。
〔三〕 託采芬香之草 "采"，底本誤作"來"，據諸本改。
〔四〕 未從之也 "未"，底本誤作"來"，據諸本改。

［五］勺藥，香草。

《箋》云：伊，因也。士与女往觀，因相與戲謔，行夫婦之事。其別，則送女以勺藥，結恩情也。

溱與洧，瀏其清矣。^[一]士與女，殷其盈矣。^[二]女曰觀乎，士曰既且。且往觀乎，洧之外，洵訏且樂。維士與女，伊其將謔，贈之以勺藥。^[三]

［一］瀏，深貌。

［二］殷，衆也。

［三］《箋》云：將，大也。

《溱洧》二章，章十二句。

鄭國二十一篇，五十三章，二百八十三句。

毛詩卷第五

毛詩卷第五

齊雞鳴詁訓傳第八

毛詩國風　　　　　　鄭氏　箋

雞　鳴

《雞鳴》，思賢妃也。哀公荒淫怠慢，故陳賢妃貞女夙夜警戒相成之道焉。

雞既鳴矣，朝既盈矣。[一] 匪雞則鳴，蒼蠅之聲。[二]

[一] 雞鳴而夫人作，朝盈而君作。
《箋》云：雞鳴、朝盈，夫人也、君也可以起之常禮。
[二] 蒼蠅之聲，有似遠雞之鳴。
《箋》云：夫人以蠅聲爲雞鳴，則起，早於常禮，敬也。

東方明矣，朝既昌矣。[一] 匪東方則明，月出之光。[二]

[一] 東方明，則夫人纚笄而朝。朝已昌盛，則君聽朝。
《箋》云：東方明、朝既昌，亦夫人也、君也可以朝之常禮。君日出而視朝[一]。

〔一〕君日出而視朝　"朝"，底本誤作"明"，據諸本改。

［二］見月出之光，以爲東方明。

《箋》云：夫人以月光爲東方明，則朝，亦敬也。

蟲飛薨薨，甘與子同夢。[一]會且歸矣，無庶予子憎。[二]

［一］古之夫人配其君子，亦不忘其敬。

《箋》云：蟲飛薨薨，東方且明之時，我猶樂與子臥而同夢。言親愛之無已。

［二］會，會於朝〔一〕。卿大夫朝會於君朝聽政，夕歸治其家事。無庶予子憎，無見惡於夫人。

《箋》云：庶，衆也。蟲飛薨薨，所以當起者，卿大夫朝者且罷歸故也。無使衆臣以我故，憎惡於子。戒之也。

《雞鳴》三章，章四句。

〔一〕會於朝 "朝"下，諸本有"也"字。

還

《還》,刺荒也。哀公好田獵,從禽獸而無厭,國人化之,遂成風俗。習於田獵,謂之賢;閑於馳逐,謂之好焉。[一]

[一] 荒,謂政事廢亂。

子之還兮,遭我乎峱之間兮。[一]並驅從兩肩兮,揖我謂我儇兮。[二]

[一] 還,便捷之貌。峱,山名。
《箋》云:子也、我也,皆士大夫也,俱出田獵而相遭也。
[二] 從,逐也。獸三歲曰肩。儇,利也。
《箋》云:並,併也。子也、我也,併驅而逐二獸,子則揖耦我謂我儇,譽之也。譽之者,以報前言"還"也。

子之茂兮,遭我乎峱之道兮。[一]並驅從兩牡兮,揖我謂我好兮。[二]

[一] 茂,美也。
[二]《箋》云:譽之言好者,以報前言"茂"也。

子之昌兮,遭我乎峱之陽兮。[一]並驅從兩狼兮,揖我謂我臧兮。[二]

〔一〕昌,盛也。

《箋》云:昌,佼好貌[一]。

〔二〕狼,獸名。臧,善也。

《還》三章,章四句。

[一] 佼好貌 "好",底本誤作"反",據諸本改。

著

《著》，刺時也。時不親迎也。[一]

[一] 時不親迎，故陳親迎之礼以刺之。

俟我於著乎而，充耳以素乎而。[一]尚之以瓊華乎而。[二]

[一] 俟，待也。門屏之間曰著。素，象瑱。
《箋》云：我，嫁者自謂也。待我於著，謂從君子而出至於著。君子揖之時也，我視君子，則以素爲充耳，謂所以縣瑱者。或名爲紞，織之，人君五色，臣則三色而已。此言素者，目所先見而云。

[二] 瓊華，美石，士之服也。
《箋》云：尚，猶飾也。飾之以瓊華者，謂縣紞之末，所謂瑱也。人君以玉爲之[一]。瓊華，石色似瓊也。

俟我於庭乎而，充耳以青乎而。[一]尚之以瓊瑩乎而。[二]

[一] 青，青玉。
《箋》云：待我於庭，謂揖我於庭時。青，紞之青。
[二] 瓊瑩，石似玉，卿大夫之服也。

〔一〕人君以玉爲之　"之"，底本誤奪，足利本、殿本、阮刻本同，據五山本、相臺本、阮元《校勘記》補。

《箋》云：石色似瓊似瑩也。

俟我於堂乎而，充耳以黃乎而。[一]尚之以瓊英乎而。[二]

[一] 黃，黃玉。

《箋》云：黃，紞之黃。

[二] 瓊英，美石似玉者〔一〕，人君之服也。

《箋》云：瓊英，猶瓊華也。

《著》三章，章三句。

〔一〕 美石似玉者 "似"，底本誤作"以"，據諸本改。

東方之日

　　《東方之日》，刺衰也。君臣失道，男女淫奔，不能以禮化也。

東方之日兮，彼姝者子，在我室兮。^[一]在我室兮，履我即兮。^[二]

> ［一］興也〔一〕。日出東方，人君明盛，無不照察也。姝者，初昏之貌。
>
> 《箋》云：言東方之日者，愬之乎耳。有姝姝然美好之子〔二〕，來在我室，欲與我爲室家，我無如之何也。日在東方，其明未融。興者，喻君不明。
>
> ［二］履，禮也。
>
> 《箋》云：即，就也。在我室者，以禮來，我則就之，與之去也。言今者之子，不以禮來也。

東方之月兮，彼姝者子，在我闥兮。^[一]在我闥兮，履我發兮。^[二]

> ［一］月盛於東方。君明於上，若日也；臣察於下，若月也。闥，門内也。

〔一〕興也 "興"，底本誤作"與"，據諸本改。
〔二〕有姝姝然美好之子 "姝姝然"，底本誤奪"然"，足利本、阮刻本同，五山本奪"姝然"，相臺本、殿本奪"姝"，據阮元《校勘記》改。

《箋》云：月以興臣。月在東方，亦言不明。

［二］發，行也。

《箋》云：以禮來，則我行而與之去。

《東方之日》二章，章五句。

東方未明

《東方未明》，刺無節也。朝廷興居無節，號令不時，挈壺氏不能掌其職焉。[一]

[一] 號令，猶召呼也。挈壺氏，掌漏刻者。

東方未明，顛倒衣裳。[一] 顛之倒之，自公召之。[二]

[一] 上曰衣，下曰裳。
《箋》云：挈壺氏失漏刻之節，東方未明而以爲明，故群臣促遽，顛倒衣裳。群臣之朝，別色始入。
[二]《箋》云：自，從也。群臣顛倒衣裳而朝，人又從君所來而召之。漏刻失節，君又早興。

東方未晞，顛倒裳衣。[一] 倒之顛之，自公令之。[二]

[一] 晞，明之始升。
[二] 令，告也。

折柳樊圃，狂夫瞿瞿。[一] 不能辰夜，不夙則莫。[二]

[一] 柳，柔脆之木。樊，藩也。圃，菜園也。折柳以爲藩圃，無益於禁矣。瞿瞿，無守之貌。古者有挈壺氏，以水火分日夜，以告時於朝。

《箋》云：柳木之不可以爲藩，猶是狂夫不任挈壺氏之事。

［二］辰，時。夙，早。莫，晚也。

《箋》云：此言不任其事者，恒失節數也。

《東方未明》三章，章四句。

南　山

《南山》，刺襄公也。鳥獸之行，淫乎其妹。大夫遇是惡，作詩而去之。[一]

[一] 襄公之妹，魯桓公夫人文姜也。襄公素與淫通，及嫁，公諷之。公與夫人如齊，夫人愬之襄公。襄公使公子彭生乘公而搚殺之。夫人久留於齊，莊公即位後，乃來，猶復會齊侯于禚，于祝丘，又如齊師。齊大夫見襄公行惡如是，作詩以刺之，又非魯桓公不能禁制夫人而去之。

南山崔崔，雄狐綏綏。[一] 魯道有蕩，齊子由歸。[二] 既曰歸止，曷又懷止？[三]

[一] 興也。南山，齊南山也。崔崔，高大也。國君尊嚴，如南山崔崔然。雄狐相隨，綏綏然無別，失陰陽之匹。

《箋》云：雄狐行求匹耦於南山之上，形貌綏綏然。興者，喻襄公居人君之尊，而爲淫泆之行，其威儀可恥惡如狐。

[二] 蕩，平易也。齊子，文姜也。

《箋》云：婦人謂嫁曰歸。言文姜既以禮從此道，嫁于魯侯也。

[三] 懷，思也。

《箋》云：懷，來也。言文姜既曰嫁于魯侯矣，何復來爲乎？非其來也。

葛屨五兩，冠綏雙止。[一] 魯道有蕩，齊子庸止。[二] 既曰

庸止，曷又從止？[三]

[一] 葛屨，服之賤者。冠綏，服之尊者。
《箋》云：葛屨五兩，喻文姜與姪娣及傅姆同處。冠綏，喻襄公也。五人爲奇，而襄公往從而雙之。冠屨不宜同處，猶襄公、文姜不宜爲夫婦之道。
[二] 庸，用也。
[三]《箋》云：此言文姜既用此道嫁於魯侯，襄公何復送而從之，爲淫泆之行？

蓺麻如之何？衡從其畝。[一] 取妻如之何？必告父母。[二] 既曰告止，曷又鞠止？[三]

[一] 蓺，樹也。衡獵之，從獵之，種之，然後得麻。
《箋》云：樹麻者，必先耕治其田，然後樹之。以言人君取妻，必先議於父母。
[二] 必告父母廟。
《箋》云：取妻之禮，議於生者，卜於死者〔一〕，此之謂告。
[三] 鞠，窮也。
《箋》云：鞠，盈也。魯侯，女既告父母而取，何復盈從，令至于齊乎？又非魯桓。

析薪如之何？匪斧不克。[一] 取妻如之何？匪媒不得。[二] 既曰得止，曷又極止？[三]

〔一〕卜於死者 "卜"，底本誤作 "上"，據諸本改。

［一］克，能也。

《箋》云：此言析薪必待斧乃能也。

［二］《箋》云：此言取妻必待媒乃得也。

［三］極，至也。

《箋》云：女既以媒得之矣，何不禁制，而恣極其邪意，令至齊乎？又非魯桓。

《南山》四章，章六句。

甫　田

《甫田》，大夫刺襄公也。無禮義而求大功，不脩德而求諸侯，志大心勞，所以求者，非其道也。

無田甫田，維莠驕驕。[一]無思遠人，勞心忉忉。[二]

　　[一]興也。甫，大也。大田過度而無人功，終不能獲。
　　《箋》云：興者，喻人君欲立功致治，必勤身脩德，積小以成高大。
　　[二]忉忉，憂勞也。
　　《箋》云：言無德而求諸侯，徒勞其心忉忉耳。

無田甫田，維莠桀桀。[一]無思遠人，勞心怛怛。[二]

　　[一]桀桀，猶驕驕也。
　　[二]怛怛，猶忉忉也。

婉兮孌兮，總角丱兮。未幾見兮，突而弁兮。[一]

　　[一]婉孌，少好貌。總角，聚兩髦也。丱，幼稚也。弁，冠也。
　　《箋》云：人君内善其身，外脩其德，居無幾何，可以立功。猶是婉孌之童子，少自脩飾，丱然而稚，見之無幾何，突耳加冠[一]，爲成人也。

《甫田》三章，章四句。

〔一〕突耳加冠　"加"，底本誤作"如"，據諸本改。

盧　令

《盧令》，刺荒也。襄公好田獵畢弋，而不脩民事。百姓苦之，故陳古以風焉。[一]

[一] 畢，噣也。弋，繳射也。

盧令令，其人美且仁。[一]

[一] 盧，田犬。令令，纓環聲。言人君能有美德，盡其仁愛，百姓欣而奉之，愛而樂之。順時遊田，與百姓共其樂，同其獲，故百姓聞而說之，其聲令令然。

盧重環，[一] 其人美且鬈。[二]

[一] 重環，子母環也。
[二] 鬈，好貌。
《箋》云：鬈，讀當爲"權"；權，勇壯也。

盧重鋂，[一] 其人美且偲。[二]

[一] 鋂，一環貫二也。
[二] 偲，才也。
《箋》云：才，多才也。

《盧令》三章，章二句。

敝 笱

《敝笱》，刺文姜也。齊人惡魯桓公微弱，不能防閑文姜，使至淫亂，爲二國患焉。

敝笱在梁，其魚魴鰥。[一]齊子歸止，其從如雲。[二]

> [一] 興也。鰥，大魚。
>
> 《箋》云：鰥，魚子也。魴也、鰥也，魚之易制者，然而敝敗之笱不能制。興者，喻魯桓微弱，不能防閑文姜，終其初時之婉順。
>
> [二] 如雲，言盛也。
>
> 《箋》云：其從，姪娣之屬。言文姜初嫁于魯桓之時，其從者之心意如雲然。雲之行，順風耳。後知魯桓微弱，文姜遂淫恣，從者亦隨之爲惡。

敝笱在梁，其魚魴鱮。[一]齊子歸止，其從如雨。[二]

> [一] 魴、鱮，大魚。
>
> 《箋》云：鱮似魴而弱鱗。
>
> [二] 如雨，言多也。
>
> 《箋》云：如雨，言無常。天下之則下，天不下則止，以言姪娣之善惡，亦文姜所使止[一]。

〔一〕亦文姜所使止 "姜"，底本誤作"妻"，據諸本改。

敝笱在梁，其魚唯唯。^[一]齊子歸止，其從如水。^[二]

［一］唯唯，出入不制。

《箋》云：唯唯，行相隨順之貌。

［二］水，喻衆也。

《箋》云：水之性，可停可行，亦言姪娣之善惡在文姜也。

《敝笱》三章，章四句。

載　　驅

　　《載驅》，齊人刺襄公也。無禮義故，盛其車服，疾驅於通道大都，與文姜淫，播其惡於萬民焉。[一]

　　[一] 故，猶端也。

載驅薄薄，簟茀朱鞹。[一] 魯道有蕩，齊子發夕。[二]

　　[一] 薄薄，疾驅聲也。簟，方文席也。車之蔽曰茀。諸侯之路車，有朱革之質而羽飾。
　　《箋》云：此車襄公乃乘焉，而來與文姜會也。
　　[二] 發夕，自夕發至旦。
　　《箋》云：襄公既無禮義，乃疾驅其乘車，以入魯竟。魯之道路平易，文姜發夕，由之往會焉，曾無慚恥之色。

四驪濟濟，垂轡濔濔。[一] 魯道有蕩，齊子豈弟。[二]

　　[一] 四驪，言物色盛也。濟濟，美貌。垂轡，轡之垂者。濔濔，衆也。
　　《箋》云：此又刺襄公乘是四驪而來，徒爲淫亂之行。
　　[二] 言文姜於是樂易然。
　　《箋》云：此"豈弟"，猶言發夕也。豈，讀當爲"闓"。弟，《古文尚書》以"弟"爲"圛"；圛，明也。

汶水湯湯，行人彭彭。[一]魯道有蕩，齊子翱翔。[二]

[一]湯湯，大貌。彭彭，多貌。
《箋》云：汶水之上，蓋有都焉，襄公與文姜時所會。
[二]翱翔，猶彷徉也。

汶水滔滔，行人儦儦。[一]魯道有蕩，齊子遊敖。

[一]滔滔，流貌。儦儦，衆貌。

《載驅》四章，章四句。

猗 嗟

《猗嗟》，刺魯莊公也。齊人傷魯莊公，有威儀技藝，然而不能以禮防閑其母，失子之道，人以爲齊侯之子焉。

猗嗟昌兮，頎而長兮。^[一]抑若揚兮。^[二]美目揚兮，^[三]巧趨蹌兮，射則臧兮。^[四]

　　[一] 猗嗟，歎辭。昌，盛也。頎，長貌。
　　《箋》云：昌，佼好貌。
　　[二] 抑，美色。揚，廣揚。
　　[三] 好目揚眉。
　　[四] 蹌，巧趨貌。
　　《箋》云：臧，善也。

猗嗟名兮，美目清兮。^[一]儀既成兮。終日射侯，不出正兮。展我甥兮。^[二]

　　[一] 目上爲名，目下爲清。
　　[二] 二尺曰正。外孫曰甥。
　　《箋》云：成，猶備也。正，所以射於侯中者。天子五正，諸侯三正，大夫二正，士一正^[一]，外皆居其侯中參分之一焉。展，誠也。姊妹之子曰甥。容貌技藝如此，誠我齊之甥。言

────────
〔一〕 士一正 "一"，底本誤作"二"，據諸本改。

"誠"者，拒時人言"齊侯之子"。

猗嗟孌兮，[一] 清揚婉兮。[二] 舞則選兮，射則貫兮。[三] 四矢反兮，以禦亂兮。[四]

[一] 孌，壯好貌。

[二] 婉，好眉目也。

[三] 選，齊。貫，中也。

《箋》云：選者，謂於倫等最上。貫，習也。

[四] 四矢，乘矢。

《箋》云：反，復也。禮：射三而止。每射四矢，皆得其故處，此之謂復。射必四矢者〔一〕，象其能禦四方之亂。

《猗嗟》三章，章六句。

齊國十一篇，三十四章，百四十三句。

〔一〕 射必四矢者　"者"，底本誤作"音"，據諸本改。

魏葛屨詁訓傳第九

毛詩國風　　　　　　　鄭　氏　箋

葛　屨

《葛屨》，刺褊也。魏地陿隘，其民機巧趨利，其君儉嗇褊急，而無德以將之。[一]

[一] 儉嗇而無德，是其所以見侵削。

糾糾葛屨，可以履霜。[一] 摻摻女手，可以縫裳。[二] 要之襋之，好人服之。[三]

[一] 糾糾，猶繚繚也。夏葛屨，冬皮屨。葛屨非所以履霜。
《箋》云：葛屨賤，皮屨貴。魏俗，至冬猶謂葛屨可以履霜，利其賤也。
[二] 摻摻，猶纖纖也。婦人三月廟見，然後執婦功。
《箋》云：言"女手"者[一]，未三月，未成爲婦。裳，男子之下服。賤，又未可使縫。魏俗，使未三月婦縫裳者，利其事也。
[三] 要，褾也。襋，領也。好人，好女手之人。
《箋》云：服，整也。褾也、領也在上，好人尚可使整治之，謂屬著之。

〔一〕言女手者　"言"，底本誤奪，據諸本補。

好人提提，宛然左辟，佩其象揥。[一] 維是褊心，是以爲刺。[二]

[一] 提提，安諦也。宛，辟貌。婦至門，夫揖而入，不敢當尊，宛然而左辟。象揥，所以爲飾。

《箋》云：婦新至，慎於威儀如是，使之非禮。

[二]《箋》云：魏俗所以然者，是君心褊急，無德教使之耳。我是以刺之〔一〕。

《葛屨》二章，一章六句，一章五句。

─────────

〔一〕 我是以刺之 "之"，底本誤作"也"，據諸本改。

汾沮洳

《汾沮洳》，刺儉也。其君儉以能勤，刺不得禮也。

彼汾沮洳，言采其莫。[一] 彼其之子，美無度。[二] 美無度，殊異乎公路。[三]

[一] 汾，水也。沮洳，其漸洳者。莫，菜也。

《箋》云：言，我也。於彼汾水漸洳之中，我采其莫以爲菜，是儉以能勤。

[二]《箋》云：之子，是子也。是子之德美無有度，言不可尺寸。

[三] 路，車也。

《箋》云：是子之德美信無度矣，雖然，其采莫之事，則非公路之禮也。公路，主君之輅車，庶子爲之。晉趙盾爲輅車之族是也。

彼汾一方，言采其桑。[一] 彼其之子，美如英。[二] 美如英，殊異乎公行。[三]

[一]《箋》云：采桑，親蠶事也。

[二] 萬人爲英。

[三] 公行，從公之行也。

《箋》云："從公之行"者，主君兵車之行列。

彼汾一曲，言采其藚。[一] 彼其之子，美如玉。美如玉，殊

異乎公族。[二]

　　[一] 鵻，水鳥也[一]。

　　[二] 公族，公屬。

《箋》云：公族，主君同姓昭穆也。

《汾沮洳》三章，章六句。

────────

〔一〕水鳥也　"鳥"，底本誤作"蔦"，五山本、相臺本作"蔦"，據足利本、殿本、阮刻本改。

園 有 桃

　　《園有桃》，刺時也。大夫憂其君，國小而迫，而儉以嗇，不能用其民，而無德教，日以侵削，故作是詩也。

園有桃，其實之殽。[一]心之憂矣，我歌且謠。[二]不知我者，謂我士也驕。[三]彼人是哉，子曰何其？[四]心之憂矣，其誰知之？[五]其誰知之，蓋亦勿思。[六]

[一] 興也。園有桃，其實之食。國有民，得其力。

《箋》云：魏君薄公稅，省國用，不取於民，食園桃而已。不施德教，民無以戰，其侵削之由，由是也。

[二] 曲合樂曰歌。徒歌曰謠。

《箋》云：我心憂君之行如此，故歌謠以寫我憂矣。

[三]《箋》云：士，事也。不知我所爲歌謠之意者，反謂我於君事驕逸故。

[四] 夫人謂我欲何爲乎？

《箋》云：彼人，謂君也。曰，於也。不知我所爲憂者，既非責我，又曰君儉而嗇，所行是其道哉？子於此，憂之何乎？

[五]《箋》云：如是，則衆臣無知我憂所爲也。

[六]《箋》云：無知我憂所爲者，則宜無復思念之，以自止也。衆不信我，或時謂我謗君，使我得罪也。

園有棘，其實之食。[一]心之憂矣，聊以行國。[二]不我知者，謂我士也罔極。[三]彼人是哉，子曰何其？心之憂矣，其誰知之？其誰知之，蓋亦勿思。

[一] 棘，棗也。

[二]《箋》云：聊，且略之辭也。聊出行於國中，觀民事以寫憂。

[三] 極，中也。

《箋》云：見我聊出行於國中，謂我於君事无中正。

《園有桃》二章，章十二句。

陟　岵

　　《陟岵》，孝子行役，思念父母也。國迫而數侵削，役乎大國，父母兄弟離散，而作是詩也。[一]

　　[一]"役乎大國"者，爲大國所徵發。

陟彼岵兮，瞻望父兮。[一]父曰嗟予子，行役夙夜無已。[二]上慎旃哉，猶來無止。[三]

　　[一]山無草木曰岵。
　　《箋》云：孝子行役，思其父之戒，乃登彼岵山，以遥瞻望其父所在之處。
　　[二]《箋》云：予，我[一]。夙，早。夜，莫也。無已，無懈倦。
　　[三]旃，之。猶，可也。父尚義。
　　《箋》云：止者，謂在軍事作部列時。

陟彼屺兮，瞻望母兮。[一]母曰嗟予季，行役夙夜無寐。[二]上慎旃哉，猶來無棄。[三]

　　[一]山有草木曰屺。
　　《箋》云：此又思母之戒，而登屺山而望之[二]。

〔一〕予我　"我"，底本誤作"子"，據諸本改。
〔二〕而登屺山而望之　"之"下，五山本同，足利本、相臺本、殿本、阮刻本有"也"字。

［二］季，少子也。無寐，無耆寐也。

［三］母尚恩也。

陟彼岡兮，瞻望兄兮。兄曰嗟予弟，行役夙夜必偕。^[一]上慎旃哉，猶來無死。^[二]

［一］偕，俱也。

［二］兄尚親也。

《陟岵》三章，章六句。

十畝之間

《十畝之間》，刺時也。言其國削小，民無所居焉。

十畝之間兮，桑者閑閑兮。^[一]行與子還兮。^[二]

[一] 閑閑然，男女無別往來之貌。

《箋》云：古者，一夫百畝，今十畝之間，往來者閑閑然，削小之甚。

[二] 或行來者，或來還者。

十畝之外兮，桑者泄泄兮。^[一]行與子逝兮。^[二]

[一] 泄泄，多人之貌。

[二]《箋》云：逝，逮也。

《十畝之間》二章，章三句。

伐　　檀

《伐檀》，刺貪也。在位貪鄙，無功而受祿，君子不得進仕爾。

坎坎伐檀兮，寘之河之干兮，河水清且漣猗。[一] 不稼不穡，胡取禾三百廛兮？不狩不獵，胡瞻爾庭有縣貆兮？[二] 彼君子兮，不素餐兮。[三]

> [一] 坎坎，伐檀聲。寘，置也。干，厓也。風行水成文曰漣。伐檀以俟世用，若俟河水清且漣。
>
> 《箋》云：是謂君子之人不得進仕也。
>
> [二] 種之曰稼，斂之曰穡。一夫之居曰廛。貆，獸名。
>
> 《箋》云：是謂在位貪鄙，無功而受祿也。冬獵曰狩，宵田曰獵。胡，何也。貉子曰貆。
>
> [三] 素，空也。
>
> 《箋》云：彼君子者，斥伐檀之人，仕有功乃肯受祿。

坎坎伐輻兮，寘之河之側兮，河水清且直猗。[一] 不稼不穡，胡取禾三百億兮？不狩不獵，胡瞻爾庭有縣特兮？[二] 彼君子兮，不素食兮。

> [一] 輻，檀輻也。側，猶厓也。直，直波也。
>
> [二] 萬萬曰億。獸三歲曰特。

《箋》云:十萬曰億。三百億[一],禾秉之數。

坎坎伐輪兮,寘之河之漘兮,河水清且淪猗。[一]不稼不穡,胡取禾三百囷兮?不狩不獵,胡瞻爾庭有縣鶉兮?[二]彼君子兮,不素飧兮。[三]

[一]檀可以爲輪。漘,厓也。小風,水成文,轉如輪也。
[二]圓者爲囷。鶉,鳥也。
[三]熟食曰飧。
《箋》云:飧,讀如"魚飧"之"飧"。

《伐檀》三章,章九句。

――――――
〔一〕三百億 "億",底本誤奪,據諸本補。

碩　　鼠

　　《碩鼠》，刺重斂也。國人刺其君重斂，蠶食於民，不修其政，貪而畏人，若大鼠也。

碩鼠碩鼠，無食我黍。三歲貫女，莫我肯顧。[一]逝將去女，適彼樂土。[二]樂土樂土，爰得我所。[三]

　　[一]貫，事也。
　　《箋》云：碩，大也。大鼠大鼠者，斥其君也。女無復食我黍，疾其稅斂之多也。我事女三歲矣，曾無教令恩德來顧眷我，又疾其不修政也。古者，三年大比，民或於是徙。
　　[二]《箋》云：逝，往也。往矣將去女，與之訣別之辭。樂土，有德之國。
　　[三]《箋》云：爰，曰也。

碩鼠碩鼠，無食我麥。三歲貫女，莫我肯德。[一]逝將去女，適彼樂國。樂國樂國，爰得我直。[二]

　　[一]《箋》云：不肯施德於我。
　　[二]直，得其直道。
　　《箋》云：直，猶正也。

碩鼠碩鼠，無食我苗。[一]三歲貫女，莫我肯勞。[二]逝將去女，適彼樂郊。[三]樂郊樂郊，誰之永號？[四]

［一］苗，嘉穀也。

［二］《箋》云：不肯勞來我。

［三］《箋》云：郭外曰郊。

［四］號，呼也。

《箋》云：之，往也。永，歌也。樂郊之地，誰獨當往而歌號者？言皆喜説，無憂苦。

《碩鼠》三章，章八句。

魏國七篇，十八章，百二十八句。

毛詩卷第六

毛詩卷第六

唐蟋蟀詁訓傳第十

毛詩國風　　　　　　鄭氏箋

蟋蟀

《蟋蟀》，刺晉僖公也。儉不中禮，故作是詩以閔之，欲其及時以禮自虞樂也。此晉也，而謂之《唐》，本其風俗，憂深思遠，儉而用禮，乃有堯之遺風焉。[一]

[一]憂深思遠，謂"宛其死矣""百歲之後"之類也。

蟋蟀在堂，歲聿其莫。今我不樂，日月其除。[一] 無已大康[一]，職思其居。[二] 好樂無荒，良士瞿瞿。[三]

[一]蟋蟀，蛬也。九月在堂。聿，遂。除，去也。

《箋》云：我，我僖公也。蛬在堂，歲時之候。是時，農功畢，君可以自樂矣。今不自樂，日月且過去，不復暇爲之，謂十二月，當復命農計耦耕事。

[二]已，甚。康，樂。職，主也。

〔一〕無已大康　"大"，底本誤作"太"，據諸本改。下二章、三章經文"無已大康"同。

《箋》云：君雖當自樂，亦無甚大樂，欲其用禮爲節也。又當主思於所居之事，謂國中政令。

〔三〕荒，大也。瞿瞿然，顧禮義也。

《箋》云：荒，廢亂也。良，善也。君之好樂，不當至於廢亂政事，當如善士瞿瞿然顧禮義也。

蟋蟀在堂，歲聿其逝。今我不樂，日月其邁。[一] 無已大康，職思其外。[二] 好樂無荒，良士蹶蹶。[三]

〔一〕邁，行也。

〔二〕外，禮樂之外。

《箋》云：外，謂國外至四竟〔一〕。

〔三〕蹶蹶，動而敏於事。

蟋蟀在堂，役車其休。[一] 今我不樂，日月其慆。[二] 無已大康，職思其憂。[三] 好樂無荒，良士休休。[四]

〔一〕《箋》云：庶人乘役車。役車休，農功畢，無事也。

〔二〕慆，過也。

〔三〕憂，可憂也。

《箋》云：憂者，謂鄰國侵伐之憂。

〔四〕休休，樂道之心。

《蟋蟀》三章，章八句。

〔一〕外謂國外至四竟　"外謂國"，底本誤奪，據諸本補。

山 有 樞

　《山有樞》，刺晉昭公也。不能修道以正其國，有財不能用，有鐘鼓不能以自樂，有朝廷不能洒掃，政荒民散，將以危亡，四鄰謀取其國家而不知。國人作詩以刺之也。

山有樞，隰有榆。^[一]子有衣裳，弗曳弗婁。子有車馬，弗馳弗驅。^[二]宛其死矣，他人是愉。^[三]

　　［一］興也。樞，荎也。國君有財貨而不能用，如山隰不能自用其財。
　　［二］婁，亦曳也。
　　［三］宛，死貌。愉，樂也。
　　《箋》云：愉，讀曰偷。偷，取也。

山有栲，隰有杻。^[一]子有廷內〔一〕，弗洒弗埽。子有鐘鼓，弗鼓弗考。^[二]宛其死矣，他人是保。^[三]

　　［一］栲，山樗。杻，檍也。
　　［二］洒，灑也。考，擊也。
　　［三］保，安也。
　　《箋》云：保，居也。

〔一〕子有廷內　"有"，底本誤作"在"，據諸本改。

山有漆，隰有栗。子有酒食，何不日鼓瑟？^[一]且以喜樂，且以永日。^[二]宛其死矣，他人入室。

［一］君子無故，琴瑟不離於側。
［二］永，引也。

《山有樞》三章，章八句。

揚 之 水

《揚之水》，刺晉昭公也。昭公分國以封沃，沃盛彊，昭公微弱，國人將叛而歸沃焉。[一]

[一] 封沃者，封叔父桓叔于沃也。沃，曲沃，晉之邑也。

揚之水，白石鑿鑿。[一]素衣朱襮，從子于沃。[二]既見君子，云何不樂？[三]

[一] 興也。鑿鑿然，鮮明貌。
《箋》云：激揚之水，波流湍疾，洗去垢濁，使白石鑿鑿然。興者，喻桓叔盛強，除民所惡，民得以有礼義也。
[二] 襮，領也。諸侯繡黼丹朱中衣。沃，曲沃〔一〕。
《箋》云：繡，當爲"綃"。綃黼丹朱中衣，中衣以綃黼爲領，丹朱爲純〔二〕。國人欲進此服，去從桓叔。
[三]《箋》云：君子，謂桓叔。

揚之水，白石皓皓。[一]素衣朱繡，從子于鵠。[二]既見君子，云何其憂？[三]

[一] 皓皓，潔白也。

〔一〕 曲沃 "沃"下，諸本有"也"字。
〔二〕 丹朱爲純 "純"下，諸本有"也"字。

［二］繡，黼也。鵠，曲沃邑也。
［三］言無憂也。

揚之水，白石粼粼。^[一]我聞有命，不敢以告人。^[二]

［一］粼粼，清澈也。
［二］聞曲沃有善政命，不敢以告人。
《箋》云：不敢以告人而去者，畏昭公謂己動民心。

《揚之水》三章，二章章六句，一章四句。

椒　　聊

　　《椒聊》，刺晉昭公也。君子見沃之盛彊，能脩其政，知其蕃衍盛大，子孫將有晉國焉。

椒聊之實，蕃衍盈升。^[一]彼其之子，碩大無朋。^[二]椒聊且，遠條且。^[三]

　　［一］興也。椒聊，椒也。
　　《箋》云：椒之性，芬香而少實，今一捄之實，蕃衍滿升，非其常也。興者，喻桓叔，晉君之支別耳，今其子孫衆多，將日以盛也。
　　［二］朋，比也。
　　《箋》云：之子，是子也，謂桓叔也。碩，謂壯貌佼好也。大，謂德美廣博也。無朋，平均不朋黨。
　　［三］條，長也。
　　《箋》云：椒之氣日益遠長〔一〕，似桓叔之德彌廣博。

椒聊之實，蕃衍盈匊。^[一]彼其之子，碩大且篤。^[二]椒聊且，遠條且。^[三]

　　［一］兩手曰匊。
　　［二］篤，厚也。
　　［三］言聲之遠聞也。

　　《椒聊》二章，章六句。

〔一〕　椒之氣日益遠長　"日"，底本誤作"目"，據諸本改。

綢　　繆

《綢繆》，刺晉亂也。國亂，則婚姻不得其時焉。[一]

[一] 不得其時，謂不及仲春之月。

綢繆束薪，三星在天。[一] 今夕何夕？見此良人。[二] 子兮子兮，如此良人何？[三]

[一] 興也。綢繆，猶纏綿也。三星，參也。在天，謂始見東方也。男女待禮而成，若薪芻待人事而後束也。三星在天，可以嫁取矣。

《箋》云：三星，謂心星也。心有尊卑、夫婦、父子之象，又為二月之合宿，故嫁取者以為候焉。昏而火星不見，嫁取之時也。今我束薪於野，乃見其在天，則三月之末、四月之中見於東方矣，故云"不得其時"。

[二] 良人，美室也。

《箋》云："今夕何夕"者，言此夕何月之夕乎？而女以見良人，言非其時。

[三] 子兮者，嗟茲也。

《箋》云："子兮子兮"者，斥嫁取者。子取後陰陽交會之月，當如此良人何？

綢繆束芻，三星在隅。[一] 今夕何夕？見此邂逅。[二] 子兮子兮，如此邂逅何？

[一]隅，東南隅也。

《箋》云：心星在隅，謂四月之末、五月之中。

[二]邂逅，解説之貌。

綢繆束楚，三星在户。[一]今夕何夕？見此粲者。[二]子兮子兮，如此粲者何？

[一]參星，正月中直户也。

《箋》云：心星在户，謂五月之末、六月之中。

[二]三女爲粲。大夫一妻二妾。

《綢繆》三章，章六句。

杕　杜

　　《杕杜》，刺時也。君不能親其宗族，骨肉離散，獨居而無兄弟，將爲沃所并爾。

　　有杕之杜，其葉湑湑。[一] 獨行踽踽，豈無他人，不如我同父。[二] 嗟行之人，胡不比焉？[三] 人無兄弟，胡不佽焉？[四]

> [一] 興也。杕，特生皃。杜，赤棠也。湑湑，枝葉不相比也。
> [二] 踽踽，無所親也。
> 《箋》云：他人，謂異姓也。言昭公遠其宗族，獨行於國中踽踽然。此豈無異姓之臣乎？顧恩不如同姓親親也。
> [三]《箋》云：君所與行之人，謂異姓卿大夫也。比，輔也。此人女何不輔君爲政令？
> [四] 佽，助也。
> 《箋》云：異姓卿大夫，女見君無兄弟之親親者，何不相推佽而助之？

　　有杕之杜，其葉菁菁。[一] 獨行睘睘，豈無他人，不如我同姓。[二] 嗟行之人，胡不比焉？人無兄弟，胡不佽焉？

> [一] 菁菁，葉盛也。
> 《箋》云：菁菁，希少之貌。
> [二] 睘睘，無所依也。同姓，同祖也。

　　《杕杜》二章，章九句。

羔裘

《羔裘》，刺時也。晉人刺其在位，不恤其民也。[一]

[一] 恤，憂也。

羔裘豹袪，自我人居居。[一] 豈無他人？維子之故。[二]

[一] 袪，袂也。本末不同，在位與民異心。自，用也。居居，懷惡不相親比之貌〔一〕。

《箋》云：羔裘豹袪，在位卿大夫之服也。其役使我之民人，其意居居然有悖惡之心，不恤我之困苦。

[二]《箋》云：此民，卿大夫采邑之民也，故云豈無他人可歸往者乎？我不去者，乃念子故舊之人。

羔裘豹褎，自我人究究。[一] 豈無他人？維子之好。[二]

[一] 褎，猶袪也。究究，猶居居也。

[二]《箋》云：我不去而歸往他人者，乃念子而愛好之也。民之厚如此，亦唐之遺風。

《羔裘》二章，章四句。

〔一〕 懷惡不相親比之貌 "比"，底本誤作"此"，據諸本改。

253

鴇　羽

　　《鴇羽》，刺時也。昭公之後，大亂五世，君子下從征役，不得養其父母，而作是詩也。[一]

　　[一] 大亂五世者，昭公、孝侯、鄂侯、哀侯、小子侯。

肅肅鴇羽，集于苞栩。[一]王事靡盬，不能蓺稷黍，父母何怙？[二]悠悠蒼天，曷其有所？[三]

> [一] 興也。肅肅，鴇羽聲也。集，止。苞，稹。栩，杼也〔一〕。鴇之性，不樹止。
>
> 《箋》云：興者，喻君子當居安平之處。今下從征役，其爲危苦，如鴇之樹止然〔二〕。稹者，根相迫迮梱致也。
>
> [二] 盬，不攻致也。怙，恃也。
>
> 《箋》云：蓺，樹也。我迫王事，無不攻致，故盡力焉。既則罷倦，不能播種五穀，今我父母將何怙乎？
>
> [三] 《箋》云：曷，何也。何時我得其所哉？

肅肅鴇翼，集于苞棘。王事靡盬，不能蓺黍稷，父母何食？悠悠蒼天，曷其有極？[一]

> [一] 《箋》云：極，已也。

〔一〕 杼也　"杼"，底本誤作"羽"，據諸本改。
〔二〕 如鴇之樹止然　"樹"，底本誤作"德"，據諸本改。

肅肅鴇行，集于苞桑。^[一]王事靡盬，不能蓺稻粱^{〔一〕}，父母何嘗？悠悠蒼天，曷其有常？

〔一〕行，翮也。

《鴇羽》三章，章七句。

―――――――
〔一〕 不能蓺稻粱 "粱"，底本誤作"梁"，據諸本改。

無　衣

　　《無衣》，美晉武公也。武公始并晉國，其大夫爲之請命乎天子之使，而作是詩也。[一]

　　[一] 天子之使，是時使來者。

豈曰無衣七兮？[一] 不如子之衣，安且吉兮。[二]

　　[一] 侯伯之礼七命，冕服七章。
　　《箋》云：我豈無是七章之衣乎？晉舊有之，非新命之服。
　　[二] 諸侯不命於天子，則不成爲君。
　　《箋》云：武公初并晉國，心未自安，故以得命服爲安。

豈曰無衣六兮？[一] 不如子之衣，安且燠兮。[二]

　　[一] 天子之卿六命，車旗、衣服以六爲節。
　　《箋》云：變七言六者，謙也，不敢必當侯伯，得受六命之服，列於天子之卿，猶愈乎不。
　　[二] 燠，煖也。

　　《無衣》二章，章三句。

有杕之杜

《有杕之杜》，刺晉武公也。武公寡特，兼其宗族，而不求賢以自輔焉。

有杕之杜，生于道左。[一] 彼君子兮，噬肯適我。[二] 中心好之，曷飲食之？[三]

[一] 興也。道左之陽，人所宜休息也。

《箋》云：道左，道東也。日之熱，恒在日中之後。道東之杜，人所宜休息也。今人不休息者，以其特生陰寡也。興者，喻武公初兼其宗族，不求賢者與之在位，君子不歸，似乎特生之杜然。

[二] 噬，逮也。

《箋》云：肯，可。適，之也。彼君子之人，至於此國，皆可來之我君所。君子之人，義之與比，其不來者，君不求之。

[三]《箋》云：曷，何也。言中心誠好之，何但飲食之，當盡礼極歡以待之。

有杕之杜，生于道周。[一] 彼君子兮，噬肯來遊。[二] 中心好之，曷飲食之？

[一] 周，曲也。
[二] 遊，觀也。

《有杕之杜》二章，章六句。

葛　生

《葛生》，刺晉獻公也。好攻戰，則國人多喪矣。[一]

[一]喪，棄亡也。夫從征役，棄亡不反，則其妻居家而怨思。

葛生蒙楚，蘞蔓于野。[一]予美亡此，誰與獨處？[二]

[一]興也。葛生延而蒙楚，蘞生蔓於野，喻婦人外成於他家。
[二]《箋》云：予，我。亡，無也。言我所美之人無於此，謂其君子也。吾誰與居乎？獨處家耳。從軍未還，未知死生，其今無於此。

葛生蒙棘，蘞蔓于域。[一]予美亡此，誰與獨息？[二]

[一]域，塋域也。
[二]息，止也。

角枕粲兮，錦衾爛兮。[一]予美亡此，誰與獨旦？[二]

[一]齊則角枕錦衾。禮：夫不在，斂枕篋、衾席，韣而藏之。
《箋》云：夫雖不在，而不失其祭也。攝主，主婦猶自齊而行事。
[二]《箋》云：旦，明也。我君子無於此，吾誰與齊乎？獨自絜明。

夏之日，冬之夜。[一]百歲之後，歸于其居。[二]

[一] 言長也。

《箋》云：思者，於晝夜之長時尤甚，故極言之以盡情。

[二]《箋》云：居，墳墓也。言此者，婦人專壹，義之至，情之盡。

冬之夜，夏之日。百歲之後，歸于其室。[一]

[一] 室，猶居也。

《箋》云：室，猶冢壙。

《葛生》五章，章四句。

采 苓

《采苓》，刺晉獻公也。獻公好聽讒焉。

采苓采苓，首陽之巔。[一]人之爲言，苟亦無信。舍旃舍旃，苟亦無然。[二]人之爲言，胡得焉？[三]

[一] 興也。苓，大苦也。首陽，山名也。采苓，細事也。首陽，幽辟也。細事，喻小行也。幽辟，喻無徵也。

《箋》云："采苓采苓"者，言采苓之人衆多非一也。皆云采此苓於首陽山之上。首陽山之上信有苓矣，然而今之采者，未必於此山，然而人必信之。興者，喻事有似而非。

[二] 苟，誠也。

《箋》云：苟，且也。爲言，謂爲人爲善言以稱薦之，欲使見進用也。旃之言焉也。舍之焉，舍之焉，謂謗訕人，欲使見貶退也。此二者且無信受之，且無答然。

[三]《箋》云：人以此言來，不信受之，不答然之，從後察之，或時見罪，何所得？

采苦采苦，首陽之下。[一]人之爲言，苟亦無與。舍旃舍旃，苟亦無然。[二]人之爲言，胡得焉？

[一] 苦，苦菜也。

[二] 無與，勿用也。

采苴采苴,首陽之東。[一]人之爲言,苟亦無從。舍旃舍旃,苟亦無然。人之爲言,胡得焉?

[一] 苴,菜名也。

《采苓》三章,章八句。

唐國十二篇,三十三章,二百三句。

秦車鄰詁訓傳第十一

毛詩國風　　　　　　鄭氏箋

車　鄰

《車鄰》，美秦仲也。秦仲始大，有車馬禮樂侍御之好焉。

有車鄰鄰，有馬白顛。[一] 未見君子，寺人之令。[二]

　　[一] 鄰鄰，眾車聲也。白顛，的顙也。
　　[二] 寺人，內小臣也。
　　《箋》云：欲見國君者，必先令寺人使傳告之。時秦仲又始有此臣。

阪有漆，隰有栗。[一] 既見君子，並坐鼓瑟。[二] 今者不樂，逝者其耋。[三]

　　[一] 興也。陂者曰阪，下濕曰隰。
　　《箋》云：興者，喻秦仲之君臣，所有各得其宜。
　　[二] 又見其禮樂焉。
　　《箋》云：既見，既見秦仲也。並坐鼓瑟，君臣以閒暇燕飲相安樂也。
　　[三] 耋，老也。八十曰耋。
　　《箋》云：今者不於此君之朝自樂，謂仕焉，而去仕他國，其徒自使老。言將後寵祿也。

阪有桑，隰有楊。既見君子，並坐鼓簧。[一]今者不樂，逝者其亡。[二]

［一］簧，笙也。
［二］亡，喪棄也。

《車鄰》三章，一章四句，二章章六句。

駟驖

《駟驖》,美襄公也。始命,有田狩之事、園囿之樂焉。[一]

[一] 始命[一],命爲諸侯也。秦始附庸也。

駟驖孔阜,六轡在手。[一] 公之媚子,從公于狩。[二]

[一] 驖,驪。阜,大也。
《箋》云:四馬六轡。六轡在手,言馬之良也。
[二] 能以道媚于上下者。冬獵曰狩。
《箋》云:媚於上下,謂使君臣和合也。此人從公往狩,言襄公親賢也。

奉時辰牡,辰牡孔碩。[一] 公曰左之,舍拔則獲。[二]

[一] 時,是。辰,時也。冬獻狼,夏獻麋,春、秋獻鹿、豕、群獸。
《箋》云:奉是時牡者,謂虞人也。時牡甚肥大,言禽獸得其所也。
[二] 拔,矢末也。
《箋》云:左之者,從禽之左射之也。拔,括也。舍拔則獲,言公善射。

遊于北園,四馬既閑。[一] 輶車鸞鑣,載獫歇驕。[二]

〔一〕始命 "始"上,底本誤衍"箋云"二字,據諸本刪。

［一］閑，習也。

《箋》云：公所以田，則克獲者，乃遊于北園之時。時則已習其四種之馬。

［二］輶，輕也。獫、歇驕，田犬也。長喙曰獫，短喙曰歇驕。

《箋》云：輕車，驅逆之車也。置鸞於鑣，異於乘車也。載，始也。始田犬者，謂達其搏噬，始成之也。此皆遊於北園時所爲也。

《駟驖》三章，章四句。

小　戎

《小戎》，美襄公也。備其兵甲以討西戎。西戎方彊，而征伐不休，國人則矜其車甲，婦人能閔其君子焉。[一]

> [一] 矜[一]，夸大也。國人夸大其車甲之盛，有樂之意也。婦人閔其君子，恩義之至也。作者敘外內之志[二]，所以美君政教之功。

小戎俴收，五楘梁輈。[一]游環脅驅，陰靷鋈續。[二]文茵暢轂，駕我騏馵。[三]言念君子，溫其如玉。[四]在其板屋，亂我心曲。[五]

> [一] 小戎，兵車也[三]。俴，淺。收，軫也。五，五束也。楘，歷錄也。梁輈，輈上句衡也。一輈五束，束有歷錄。
>
> 《箋》云：此群臣之兵車，故曰小戎。
>
> [二] 游環，靷環也。游在背上，所以禦出也。脅驅，愼駕具，所以止入也。陰，揜軓也。靷，所以引也。鋈，白金也。續，續靷也。
>
> 《箋》云：游環在背上，無常處，貫驂之外轡，以禁其出。脅驅者，著服馬之外脅，以止驂之入。揜軓在軾前，垂輈上。鋈續，白金飾續靷之環。

〔一〕矜　"矜"上，底本誤衍"箋云"二字，據諸本刪。
〔二〕作者敘外內之志　"外內"，底本誤倒，殿本同，據足利本、五山本、相臺本、阮刻本乙正。
〔三〕小戎兵車也　此五字底本誤奪，據諸本補。

〔三〕文茵，虎皮也。暢轂，長轂也。騏，騏文也。左足白曰馵。

《箋》云：此上六句者，國人所矜。

〔四〕《箋》云：言，我也。念君子之性，溫然如玉。玉有五德。

〔五〕西戎板屋。

《箋》云：心曲，心之委曲也。憂則心亂也。此上四句者，婦人所用閔其君子。

四牡孔阜，六轡在手。騏駵是中，騧驪是驂。〔一〕龍盾之合，鋈以觼軜。〔二〕言念君子，溫其在邑。〔三〕方何爲期，胡然我念之？〔四〕

〔一〕黃馬黑喙曰騧。

《箋》云：赤身黑鬣曰駵。中，中服也。驂，兩騑也。

〔二〕龍盾，畫龍其盾也。合，合而載之。軜，驂內轡也。

《箋》云：鋈以觼軜，軜之觼以白金爲飾也。軜繫於軾前。

〔三〕在敵邑也。

〔四〕《箋》云：方今以何時爲還期乎？何以然了不來？言望之也。

俴駟孔群，厹矛鋈錞，蒙伐有苑。〔一〕虎韔鏤膺，交韔二弓，竹閉緄縢。〔二〕言念君子，載寢載興。厭厭良人，秩秩德音。〔三〕

〔一〕俴駟，四介馬也。孔，甚也。厹，三隅矛也。錞，鐏也。蒙，討羽也。伐，中干也。苑，文貌。

《箋》云：俴，淺也。謂以薄金爲介之札。介，甲也。甚群者，言和調也。蒙，厖也。討，雜也。畫雜羽之文於伐，故曰厖伐。

［二］虎，虎皮也。韔，弓室也。膺，馬帶也。交韔，交二弓於韔中也。閉，紲。綅，繩。縢，約也。

《箋》云：鏤膺，有刻金飾也。

［三］厭厭，安靜也。秩秩，有知也。

《箋》云：此既閔其君子寢起之勞，又思其性與德也〔一〕。

《小戎》三章，章十句。

〔一〕 又思其性與德也 "也"，諸本無。

蒹 葭

《蒹葭》，刺襄公也。未能用周禮，將無以固其國焉。[一]

[一] 秦處周之舊土，其人被周之德教日久矣。今襄公新爲諸侯，未習周之礼法，故國人未服焉。

蒹葭蒼蒼，白露爲霜。[一] 所謂伊人，在水一方。[二] 遡洄從之，道阻且長。[三] 遡游從之，宛在水中央。[四]

[一] 興也。蒹，薕。葭，蘆也。蒼蒼，盛也。白露凝戾爲霜〔一〕，然後歲事成。國家待禮然後興。

《箋》云：蒹葭在衆草之中，蒼蒼然彊盛〔二〕，至白露凝戾爲霜，則成而黃。興者，喻衆民之不從襄公政令者，得周禮以教之則服。

[二] 伊，維也。一方，難至矣。

《箋》云：伊，當作"繄"；繄，猶是也。所謂是知周禮之賢人，乃在大水之一邊。假喻以言遠。

[三] 逆流而上曰遡洄。逆礼則莫能以至也。

《箋》云：此言不以敬順往求之，則不能得見。

[四] 順流而涉曰遡游。順禮求濟道來迎之。

《箋》云：宛，坐見貌。以敬順求之，則近耳，易得見也。

〔一〕 白露凝戾爲霜 "凝"，底本誤作"疑"，據諸本改。下鄭《箋》"凝戾"同。
〔二〕 蒼蒼然彊盛 "盛"，底本誤奪，相臺本同，據足利本、五山本、殿本、阮刻本補。

蒹葭淒淒，白露未晞。[一]所謂伊人，在水之湄。[二]遡洄從之，道阻且躋。[三]遡游從之，宛在水中坻。[四]

　　[一]淒淒，猶蒼蒼也。晞，乾也。
《箋》云：未晞〔一〕，未爲霜。
　　[二]湄，水隒也。
　　[三]躋，升也。
《箋》云：升者，言其難至如升阪。
　　[四]坻，小渚也〔二〕。

蒹葭采采，白露未已。[一]所謂伊人，在水之涘。[二]遡洄從之，道阻且右。[三]遡游從之，宛在水中沚。[四]

　　[一]采采，猶淒淒也。未已，猶未止也。
　　[二]涘，厓也。
　　[三]右，出其右也。
《箋》云：右者，言其迂迴也。
　　[四]小渚曰沚。

　　《蒹葭》三章，章八句。

〔一〕未晞　"未"上，底本誤衍"云"字，據諸本刪。
〔二〕小渚也　"渚"，底本誤作"者"，據諸本改。

終　　南

《終南》，戒襄公也。能取周地，始爲諸侯，受顯服。大夫美之，故作是詩以戒勸之。

終南何有？有條有梅。[一]君子至止，錦衣狐裘。[二]顏如渥丹，其君也哉！[三]

> [一]興也。終南，周之名山中南也。條，榙。梅，柟也。宜以戒不宜也。
>
> 《箋》云：問"何有"者，意以爲名山高大，宜有茂木也。興者，喻人君有德，乃宜有顯服，猶山之木有大小也。此之謂"戒勸"。
>
> [二]錦衣，采色也。狐裘，朝廷之服也。
>
> 《箋》云：至止者，受命服於天子而來也。諸侯狐裘，錦衣以裼之。
>
> [三]《箋》云：渥，厚漬也。顏色如厚漬之丹，言赤而澤也。其君也哉，儀貌尊嚴也。

終南何有？有紀有堂。[一]君子至止，黻衣繡裳。[二]佩玉將將，壽考不忘。

> [一]紀，基也。堂，畢道平如堂也。
>
> 《箋》云：畢也、堂也，亦高大之山所宜有也。畢，終南山之道名，邊如堂之牆然。
>
> [二]黑與青謂之黻。五色備謂之繡。

《終南》二章，章六句。

黃　鳥

《黃鳥》，哀三良也。國人刺穆公以人從死，而作是詩也。[一]

[一] 三良，三善臣也。謂奄息、仲行、鍼虎也。從死，自殺以從死。

交交黃鳥，止于棘。[一]誰從穆公？子車奄息。[二]維此奄息，百夫之特。[三]臨其穴，惴惴其慄。[四]彼蒼者天，殲我良人。[五]如可贖兮，人百其身。[六]

[一] 興也。交交，小貌。黃鳥以時往來，得其所。人以壽命終，亦得其所。

《箋》云：黃鳥止于棘，以求安己也。此棘若不安則移。興者，喻臣之事君亦然。今穆公使臣從死，刺其不得黃鳥止于棘之本意。

[二] 子車，氏；奄息，名。

《箋》云：言"誰從穆公"者，傷之。

[三] 乃特百夫之德。

《箋》云：百夫之中最雄俊也。

[四] 惴惴，懼也。

《箋》云：穴，謂塚壙中也。秦人哀傷此奄息之死，臨視其壙，皆爲之悼慄。

[五] 殲，盡。良，善也。

《箋》云：言"彼蒼者天"，愬之。

[六]《箋》云：如此奄息之死，可以他人贖之者，人皆百其身，謂一身百死猶爲之。惜善人之甚。

交交黃鳥，止于桑。誰從穆公？子車仲行。[一]維此仲行，百夫之防。[二]臨其穴，惴惴其慄。彼蒼者天，殲我良人。如可贖兮，人百其身。

[一]《箋》云：仲行，字也。
[二]防，比也〔一〕。
《箋》云：防，猶當也。言此一人當百夫〔二〕。

交交黃鳥，止于楚。誰從穆公？子車鍼虎。維此鍼虎，百夫之禦。[一]臨其穴，惴惴其慄。彼蒼者天，殲我良人。如可贖兮，人百其身。

[一]禦，當也。

《黃鳥》三章，章十二句。

〔一〕 比也 "比"，底本誤作 "此"，據諸本改。
〔二〕 言此一人當百夫 "此"，底本誤作 "比"，據諸本改。

晨　風

　　《晨風》，刺康公也。忘穆公之業，始棄其賢臣焉。

鴥彼晨風，鬱彼北林。[一]未見君子，憂心欽欽。[二]如何如何，忘我實多。[三]

　　[一]興也。鴥，疾飛貌。晨風，鸇也。鬱，積也。北林，林名也。先君招賢人，賢人往之，駃疾如晨風之飛入北林[一]。
　　《箋》云：先君，謂穆公。
　　[二]思望之，心中欽欽然。
　　《箋》云：言穆公始未見賢者之時，思望而憂之。
　　[三]今則忘之矣。
　　《箋》云：此以穆公之意責康公。如何如何乎，女忘我之事實多。

山有苞櫟，隰有六駁。[一]未見君子，憂心靡樂。如何如何，忘我實多。

　　[一]櫟，木也。駁，如馬，倨牙食虎豹。
　　《箋》云：山之櫟，隰之駁，皆其所宜有也。以言賢者亦國家所宜有之[二]。

〔一〕駃疾如晨風之飛入北林　"駃"，底本誤作"戟"，據諸本改。
〔二〕以言賢者亦國家所宜有之　"之"，底本誤奪，據諸本補。

山有苞棣,隰有樹檖。^[一]未見君子,憂心如醉。如何如何,忘我實多。

[一] 棣,唐棣也。檖,赤羅也。

《晨風》三章,章六句。

無　　衣

　　《無衣》,刺用兵也。秦人刺其君好攻戰,亟用兵,而不與民同欲焉。

豈曰無衣,與子同袍?[一]王于興師,脩我戈矛,與子同仇。[二]

　　[一] 興也。袍,襺也。上與百姓同欲,則百姓樂致其死。
　　《箋》云:此責康公之言也。君豈嘗曰女無衣,我與女共袍乎?言不與民同欲。
　　[二] 戈,長六尺六寸;矛,長二丈。天下有道,則禮樂征伐自天子出。仇,匹也。
　　《箋》云:于,於也。怨耦曰仇。君不與我同欲,而於王興師,則云"脩我戈矛,與子同仇",往伐之。刺其好攻戰。

豈曰無衣,與子同澤?[一]王于興師,修我矛戟,與子偕作。[二]

　　[一] 澤,潤澤也。
　　《箋》云:襗,褻衣,近污垢[一]。
　　[二] 作,起也。
　　《箋》云:戟,車戟常也。

豈曰無衣,與子同裳?王于興師,修我甲兵,與子偕行。[一]

〔一〕 近污垢 "污",底本誤作"汙",據諸本改。

[一] 行，往也。

《無衣》三章，章五句。

渭　陽

《渭陽》，康公念母也。康公之母，晉獻公之女。文公遭麗姬之難，未反，而秦姬卒。穆公納文公，康公時爲大子，贈送文公于渭之陽，念母之不見也，我見舅氏，如母存焉。及其即位，思而作是詩也。

我送舅氏，曰至渭陽。[一] 何以贈之？路車乘黃。[二]

> [一] 母之昆弟曰舅。
> 《箋》云：渭，水名也。秦是時都雍。至渭陽者，蓋東行，送舅氏於咸陽之地。
> [二] 贈，送也。乘黃，四馬也。

我送舅氏，悠悠我思。何以贈之？瓊瑰玉佩。[一]

> [一] 瓊瑰，石而次玉〔一〕。

《渭陽》二章，章四句。

〔一〕 石而次玉　"而"，底本誤奪，據諸本補。

權　輿

　　《權輿》，刺康公也。忘先君之舊臣，與賢者有始而無終也。

　　於我乎，夏屋渠渠。[一]今也每食無餘。[二]于嗟乎，不承權輿。[三]

　　[一]夏，大也。
　　《箋》云：屋，具也。渠渠，猶勤勤也。言君始於我厚，設禮食大
　　　具以食我，其意勤勤然。
　　[二]《箋》云：此言君今遇我薄，其食我纔足耳。
　　[三]承，繼也。權輿，始也。

　　於我乎，每食四簋。[一]今也每食不飽。于嗟乎，不承權輿。

　　[一]四簋，黍、稷、稻、粱〔一〕。

　　《權輿》二章，章五句。

　　秦國十篇，二十七章，百八十一句。

〔一〕黍稷稻粱　"粱"，底本誤作"梁"，據諸本改。

毛詩卷第七

毛詩卷第七

陳宛丘詁訓傳第十二

毛詩國風　　　　鄭氏箋

宛　丘

《宛丘》，刺幽公也。淫荒昏亂，游蕩無度焉。

子之湯兮，宛丘之上兮。[一] 洵有情兮，而無望兮。[二]

[一] 子，大夫也。湯，蕩也。四方高、中央下曰宛丘。
《箋》云：子者，斥幽公〔一〕，游蕩無所不爲。
[二] 洵，信也。
《箋》云：此君信有淫荒之情，其威儀無可觀望而則傚。

坎其擊鼓，宛丘之下。[一] 無冬無夏，值其鷺羽。[二]

[一] 坎坎，擊鼓聲。
[二] 值，持也。鷺鳥之羽，可以爲翳。
《箋》云：翳，舞者所持以指麾。

〔一〕斥幽公 "公"下，諸本有"也"字。

坎其擊缶，宛丘之道。[一] 無冬無夏，值其鷺翿。[二]

[一] 盎謂之缶。
[二] 翿，翳也。

《宛丘》三章，章四句。

東門之枌

《東門之枌》，疾亂也。幽公淫荒，風化之所行，男女棄其舊業，亟會於道路，歌舞於市井爾。

東門之枌，宛丘之栩。[一] 子仲之子，婆娑其下。[二]

> [一] 枌，白榆也。栩，杼也。國之交會，男女之所聚。
> [二] 子仲，陳大夫氏。婆娑，舞也。
> 《箋》云：之子，男子也。

穀旦于差〔一〕，南方之原。[一] 不績其麻，市也婆娑。[二]

> [一] 穀，善也。原，大夫氏。
> 《箋》云：旦，明。于，曰。差，擇也。朝日善明，曰相擇矣，以南方原氏之女，可以爲上處。
> [二]《箋》云：績麻者，婦人之事也。疾其今不爲。

穀旦于逝，越以鬷邁。[一] 視爾如荍，貽我握椒。[二]

> [一] 逝，往。鬷，數。邁，行也。
> 《箋》云：越，於。鬷，總也。朝旦善明，曰往矣，謂之所會處

〔一〕 穀旦于差　"旦"，底本誤作"且"，據諸本改。下鄭《箋》"旦，明"及三章經文"穀旦"同。

也。於是以總行，欲男女合行。

[二] 莜，芘芣也。椒，芬香也。

《箋》云：男女交會而相說，曰我視女之顏色，美如芘芣之華然，女乃遺我一握之椒，交情好也。此本淫亂之所由。

《東門之枌》三章，章四句。

衡　門

《衡門》，誘僖公也。愿而無立志，故作是詩以誘掖其君也。[一]

[一] 誘，進也。掖，扶持也。

衡門之下，可以棲遲。[一] 泌之洋洋，可以樂飢。[二]

[一] 衡門，橫木爲門，言淺陋也。棲遲，遊息也。
《箋》云：賢者不以衡門之淺陋，則不遊息於其下，以喻人君不可以國小，則不興治致政化。
[二] 泌，泉水也。洋洋，廣大也。樂飢，可以樂道忘飢〔一〕。
《箋》云：飢者，不足於食也。泌水之流洋洋然，飢者見之，可飲以癒飢。以喻人君慤愿，任用賢臣，則政教成，亦猶是也。

豈其食魚，必河之魴？豈其取妻，必齊之姜？[一]

[一]《箋》云：此言何必河之魴，然後可食？取其口美而已。何必大國之女，然後可妻？亦取貞順而已。以喻君任臣，何必聖人，亦取忠孝而已。齊，姜姓。

豈其食魚，必河之鯉？豈其取妻，必宋之子？[一]

〔一〕 可以樂道忘飢　"以"，底本誤奪，據諸本補。

[一]《箋》云：宋，子姓。

《衡門》三章，章四句。

東門之池

《東門之池》，刺時也。疾其君之淫昏，而思賢女以配君子也。

東門之池，可以漚麻。^[一]彼美淑姬，可與晤歌〔一〕。^[二]

> ［一］興也。池，城池也。漚，柔也。
> 《箋》云：於池中柔麻〔二〕，使可緝績作衣服。興者，喻賢女能柔順君子，成其德教。
> ［二］晤，遇也。
> 《箋》云：晤，猶對也。言淑姬賢女，君子宜與對歌，相切化也。

東門之池，可以漚紵。彼美淑姬，可與晤語。

東門之池，可以漚菅。彼美淑姬，可與晤言。^[一]

> ［一］言，道也。

《東門之池》三章，章四句。

〔一〕 可與晤歌 "與"，底本誤作"以"，據諸本改。
〔二〕 於池中柔麻 "池"，底本誤作"也"，據諸本改。

東門之楊

《東門之楊》，刺時也。昏姻失時，男女多違，親迎女猶有不至者也。

東門之楊，其葉牂牂。[一]昏以爲期，明星煌煌。[二]

[一]興也。牂牂然，盛貌。言男女失時，不逮秋冬。
《箋》云：楊葉牂牂，三月中也。興者，喻時晚也，失仲春之月。
[二]期而不至也。
《箋》云：親迎之禮，以昏時。女留他色，不肯時行，乃至大星煌煌然。

東門之楊，其葉肺肺。[一]昏以爲期，明星晢晢。[二]

[一]肺肺，猶牂牂也。
[二]晢晢，猶煌煌也。

《東門之楊》二章，章四句。

墓　門

《墓門》，刺陳佗也。陳佗無良師傅，以至於不義，惡加於萬民焉。[一]

[一] 不義者，謂弑君而自立。

墓門有棘，斧以斯之。[一] 夫也不良，國人知之。[二] 知而不已，誰昔然矣？[三]

[一] 興也。墓門，墓道之門。斯，析也。幽間希行，用生此棘薪，維斧可以開析之。
《箋》云：興者，喻陳佗由不覩賢師良傅之訓道，至陷於誅絕之罪。
[二] 夫，傅相也。
《箋》云：良，善也。陳佗之師傅不善，群臣皆知之。言其罪惡著也。
[三] 昔，久也。
《箋》云：已，猶去也。誰昔，昔也。國人皆知其有罪惡，而不誅退，終致禍難，自古昔之時常然。

墓門有梅，有鴞萃止。[一] 夫也不良，歌以訊之。[二] 訊予不顧，顛倒思予。[三]

[一] 梅，柟也。鴞，惡聲之鳥也。萃，集也。
《箋》云：梅之樹，善惡自耳，徒以鴞集其上而鳴，人則惡之，樹

因惡矣〔一〕。以喻陳佗之性本未必惡，師傅惡，而陳佗從之而惡。

［二］訊，告也。

《箋》云： 歌，謂作此詩也。既作，又使工歌之，是謂之告。

［三］**《箋》云：** 予，我也。歌以告之：女不顧念我言，至於破滅顛倒之急〔二〕，乃思我之言。言其晚也。

《墓門》二章，章六句。

〔一〕 樹因惡矣 "惡"，底本誤作"思"，據諸本改。
〔二〕 至於破滅顛倒之急 "破"，底本誤作"敬"，據諸本改。

防有鵲巢

《防有鵲巢》，憂讒賊也。宣公多信讒，君子憂懼焉。

防有鵲巢，邛有旨苕。^[一]誰侜予美？心焉忉忉。^[二]

[一] 興也。防，邑也。邛，丘也。苕，草也。

《箋》云〔一〕：防之有鵲巢，邛之有美苕，處勢自然。興者，喻宣公信多言之人，故致此讒人。

[二] 侜張，誑也。

《箋》云：誰，誰讒人也。女衆讒人，誰侜張誑欺我所美之人乎？使我心忉忉然。所美，謂宣公。

中唐有甓，邛有旨鷊。^[一]誰侜予美？心焉惕惕。^[二]

[一] 中，中庭也。唐，堂塗也。甓，令適也。鷊，綬草也。
[二] 惕惕，猶忉忉也。

《防有鵲巢》二章，章四句。

〔一〕 箋云 "云"，底本誤作 "大"，據諸本改。

月　出

《月出》，刺好色也。在位不好德，而説美色焉。

月出皎兮。^[一]佼人僚兮，舒窈糾兮。^[二]勞心悄兮。^[三]

　　[一] 興也。皎，月光也。
　　《箋》云：興者，喻婦人有美色之白皙。
　　[二] 僚，好貌。舒，遲也。窈糾，舒之姿也。
　　[三] 悄，憂也。
　　《箋》云：思而不見則憂。

月出皓兮。佼人懰兮，舒懮受兮。勞心慅兮。

月出照兮。佼人燎兮，舒夭紹兮。勞心慘兮。

　　《月出》三章，章四句。

株　林

《株林》,刺靈公也。淫乎夏姬,驅馳而往,朝夕不休息焉。[一]

[一] 夏姬,陳大夫妻,夏徵舒之母,鄭女也。徵舒,字子南。夫字御叔。

胡爲乎株林,從夏南?[一] 匪適株林,從夏南。[二]

[一] 株林,夏氏邑也。夏南,夏徵舒也。
《箋》云:陳人責靈公:君何爲之株林,從夏氏子南之母,爲淫泆之行?
[二]《箋》云:匪,非也。言我非之株林,從夏氏子南之母,爲淫泆之行,自之他耳。覻拒之辭。

駕我乘馬,説于株野。乘我乘駒,朝食于株。[一]

[一] 大夫乘駒。
《箋》云:我,國人我君也。君親乘君乘馬,乘君乘駒,變易車乘,以至株林,或説舍焉,或朝食焉。又責之也。馬六尺以下曰駒。

《株林》二章,章四句。

澤　陂

《澤陂》，刺時也。言靈公君臣淫於其國，男女相説，憂思感傷焉。[一]

[一] 君臣淫於國，謂与孔寧、儀行父也。感傷，謂涕泗滂沱。

彼澤之陂，有蒲與荷。[一] 有美一人，傷如之何？[二] 寤寐無爲，涕泗滂沱。[三]

[一] 興也。陂，澤障也。荷，芙蕖也。
《箋》云：蒲，柔滑之物。芙蕖之莖曰荷，生而佼大。興者，蒲以喻所説男之性，荷以喻所説女之容體也。正以陂中二物興者，喻淫風由同姓生。
[二] 傷无礼也。
《箋》云：傷，思也。我思此美人，當如之何而得見之？
[三] 自目曰涕，自鼻曰泗。
《箋》云：寤，覺也。

彼澤之陂，有蒲與蕑。[一] 有美一人，碩大且卷。[二] 寤寐無爲，中心悁悁。[三]

[一] 蕑，蘭也。
《箋》云：蕑，當作"蓮"；蓮，芙蕖實也。蓮以喻女之言信。
[二] 卷，好貌。

[三]悁悁，猶悒悒也。

彼澤之陂，有蒲菡萏。^[一]有美一人，碩大且儼。^[二]寤寐無爲，輾轉伏枕。

[一]菡萏，荷華也。
《箋》云：華以喻女之顏色。
[二]儼，矜莊貌。

《澤陂》三章，章六句。

陳國十篇，二十六章，百二十四句。

檜羔裘詁訓傳第十三

毛詩國風　　　　　鄭氏箋

羔　裘

《羔裘》，大夫以道去其君也。國小而迫，君不用道，好潔其衣服，逍遙遊燕，而不能自強於政治，故作是詩也。[一]

[一]"以道去其君"者，三諫不從，待放於郊，得玦乃去。

羔裘逍遙，狐裘以朝。[一]豈不爾思？勞心忉忉。[二]

[一]羔裘以遊燕，狐裘以適朝。
《箋》云：諸侯之朝服，緇衣羔裘；大蜡而息民，則有黃衣狐裘。今以朝服燕，祭服朝，是其好絜衣服也。先言燕，後言朝，見君之志不能自強於政治。
[二]國無政令，使我心勞。
《箋》云：尔，女也。三諫不從，待放而去，思君如是，心忉忉然。

羔裘翱翔，狐裘在堂。[一]豈不爾思？我心憂傷。

[一]堂，公堂也。

《箋》云：翱翔，猶逍遙也。

羔裘如膏，日出有曜。[一]豈不爾思？中心是悼。[二]

[一]日出照曜，然後見其如膏。

[二]悼，動也。

《箋》云：悼，猶哀傷也。

《羔裘》三章，章四句。

素　冠

《素冠》，刺不能三年也。[一]

[一] 喪礼：子爲父、父卒爲母，皆三年。時人恩薄礼廢，不能行也。

庶見素冠兮，棘人欒欒兮。[一] 勞心慱慱兮。[二]

[一] 庶，幸也。素冠，練冠也。棘，急也。欒欒，瘠貌。
《箋》云：喪礼：既祥，祭而縞冠素紕。時人皆解緩，无三年之恩於其父母，而廢其喪礼，故覬幸一見素冠，急於哀感之人，形貌欒欒然瘠瘠也[一]。
[二] 慱慱，憂勞也。
《箋》云：勞心者，憂不得見。

庶見素衣兮，[一] 我心傷悲兮。聊與子同歸兮。[二]

[一] 素冠，故素衣也。
《箋》云：除成喪者，其祭也，朝服縞冠。朝服，緇衣素裳。然則此言素衣者，謂素裳也。
[二] 願見有礼之人，與之同歸。
《箋》云：聊，猶且也。且与子同歸，欲之其家，觀其居處。

〔一〕 形貌欒欒然瘠瘠也　"瘠瘠"，底本誤倒，據諸本乙正。

庶見素韠兮，[一]我心蘊結兮。聊與子如一兮。[二]

[一]《箋》云：祥祭，朝服素韠者，韠從裳色。

[二]子夏三年之喪畢，見於夫子，援琴而絃，衎衎而樂，作而曰："先王制礼，不敢不及。"夫子曰："君子也。"閔子騫三年之喪畢，見於夫子，援琴而絃，切切而哀，作而曰："先王制礼，不敢過也。"夫子曰："君子也。"子路曰："敢問何謂也？"夫子曰："子夏哀已盡，能引而致之於礼，故曰君子也。閔子騫哀未盡，能自割以礼，故曰君子也。"夫三年之喪，賢者之所輕，不肖者之所勉。

《箋》云：聊與子如一，且欲與之居處，觀其行也。

《素冠》三章，章三句。

隰有萇楚

《隰有萇楚》，疾恣也。國人疾其君之淫恣，而思無情慾者也。[一]

[一] 恣，謂狡狹淫戲，不以礼也。

隰有萇楚，猗儺其枝。[一] 夭之沃沃，樂子之無知。[二]

[一] 興也。萇楚，銚弋也。猗儺，柔順也。
《箋》云：銚弋之性，始生正直，及其長大，則其枝猗儺而柔順，不妄尋蔓草木。興者，喻人少而端愨，則長大無情慾。
[二] 夭，少也。沃沃，壯佼也。
《箋》云：知，匹也。疾君之恣，故於人年少沃沃之時，樂其无妃匹之意。

隰有萇楚，猗儺其華。夭之沃沃，樂子之無家。[一]

[一]《箋》云：无家，謂无夫婦室家之道。

隰有萇楚，猗儺其實。夭之沃沃，樂子之無室。

《隰有萇楚》三章，章四句。

匪　風

《匪風》，思周道也。國小政亂，憂及禍難，而思周道焉。

匪風發兮，匪車偈兮。[一]顧瞻周道，中心怛兮。[二]

> [一] 發發飄風，非有道之風。偈偈疾驅，非有道之車。
> [二] 怛，傷也。下國之亂，周道滅也。
> 《箋》云：周道，周之政令也。迴首曰顧。

匪風飄兮，匪車嘌兮。[一]顧瞻周道，中心弔兮。[二]

> [一] 迴風爲飄。嘌嘌，無節度也。
> [二] 弔，傷也。

誰能亨魚？溉之釜鬵。[一]誰將西歸？懷之好音。[二]

> [一] 溉，滌也。鬵，釜屬。亨魚煩則碎，治民煩則散。知亨魚，則知治民矣。
> 《箋》云：誰能者，言人偶能割亨者。
> [二] 周道在乎西。懷，歸也。
> 《箋》云：誰將者，亦言人偶能輔周道治民者也。檜在周之東，故言西歸。有能西仕於周者，我則懷之以好音，謂周之舊政令。

《匪風》三章,章四句。

檜國四篇,十二章,四十五句。

曹蜉蝣詁訓傳第十四

毛詩國風　　　　　　鄭　氏　箋

蜉　蝣

《蜉蝣》，刺奢也。昭公國小而迫，無法以自守，好奢而任小人，將無所依焉。

蜉蝣之羽，衣裳楚楚。[一] 心之憂矣，於我歸處。[二]

> [一] 興也。蜉蝣，渠略也。朝生夕死，猶有羽翼，以自修飾。楚楚，鮮明貌。
> 《箋》云：興者，喻昭公之朝，其群臣皆小人也，徒整飾其衣裳，不知國之將迫脅，君臣死亡無日，如渠略然。
> [二]《箋》云：歸，依歸。君當於何依歸乎？言有危亡之難，將無所就往。

蜉蝣之翼，采采衣服。[一] 心之憂矣，於我歸息。[二]

> [一] 采采，衆多也。
> [二] 息，止也。

蜉蝣掘閱，麻衣如雪。[一] 心之憂矣，於我歸説。[二]

［一］掘閱，容閱也。如雪，言鮮潔。

《箋》云：掘閱，掘地解閱，謂其始生時也。以解閱喻君臣朝夕變易衣服也。麻衣、深衣，諸侯之朝。朝服朝〔一〕，夕則深衣也。

［二］《箋》云：說，猶舍息也。

《蜉蝣》三章，章四句。

〔一〕朝服朝　上"朝"字，底本誤奪，五山本同，據足利本、相臺本、殿本、阮刻本補。

候　　人

《候人》,刺近小人也。共公遠君子而好近小人焉。

彼候人兮,何戈與祋。^[一]彼其之子,三百赤芾。^[二]

[一] 候人,道路送賓客者。何,揭。祋,殳也。言賢者之官,不過候人。

《箋》云:是謂遠君子也。

[二] 彼,彼曹朝也。芾,韠也。一命緼芾黝珩,再命赤芾黝珩,三命赤芾葱珩。大夫以上,赤芾乘軒。

《箋》云:之子,是子也。佩赤芾者三百人。

維鵜在梁,不濡其翼。^[一]彼其之子,不稱其服。^[二]

[一] 鵜,洿澤鳥也。梁,水中之梁。鵜在梁,可謂不濡其翼乎?

《箋》云:鵜在梁,當濡其翼而不濡者,非其常也。以喻小人在朝,亦非其常。

[二]《箋》云:不稱者,言德薄而服尊。

維鵜在梁,不濡其咮。^[一]彼其之子,不遂其媾。^[二]

[一] 咮,喙也。

[二] 媾,厚也。

《箋》云:遂,猶久也。不久其厚,言終將薄於君也。

薈兮蔚兮，南山朝隮。[一]婉兮孌兮，季女斯飢。[二]

[一] 薈蔚，雲興貌。南山，曹南山也〔一〕。隮，升雲也。

《箋》云：薈蔚之小雲，朝升於南山，不能爲大雨。以喻小人雖見任於君，終不能成其德教。

[二] 婉，少貌。孌，好貌。季，人之少子也。女，民之弱者。

《箋》云：天無大雨，則歲不熟，而幼弱者飢。猶國之無政令，則下民困病。

《候人》四章，章四句。

〔一〕 曹南山也　"曹南山"，底本誤奪，據諸本補。

鳲　　鳩

《鳲鳩》，刺不壹也。在位無君子，用心之不壹也。

鳲鳩在桑，其子七兮。[一]淑人君子，其儀一兮。[二]其儀一兮，心如結兮。[三]

>[一] 興也。鳲鳩，秸鞠也。鳲鳩之養其子，朝從上下，莫從下上，平均如一。
>
>《箋》云：興者，喻人君之德，當均一於下也。以刺今在位之人，不如鳲鳩。
>
>[二]《箋》云：淑，善。儀，義也。善人君子，其執義當如一也。
>
>[三] 言執義一，則用心固〔一〕。

鳲鳩在桑，其子在梅。[一]淑人君子，其帶伊絲。其帶伊絲，其弁伊騏。[二]

>[一] 飛在梅也。
>
>[二] 騏，騏文也。弁，皮弁也。
>
>《箋》云：其帶伊絲，謂大帶也。大帶用素絲，有雜色飾焉。騏，當作"璂"，以玉爲之。言此帶弁者，刺不稱其服。

鳲鳩在桑，其子在棘。淑人君子，其儀不忒。[一]其儀不忒，

〔一〕 則用心固　"固"，底本誤作"同"，據諸本改。

正是四國。[二]

　［一］忒，疑也。
　［二］正，長也。
《箋》云：執義不疑，則可爲四國之長。言任爲侯伯。

鳲鳩在桑，其子在榛。淑人君子，正是國人。正是國人，胡不萬年？[一]

　［一］《箋》云：正，長也。能長人，則人欲其壽考。

《鳲鳩》四章，章六句。

下　泉

《下泉》，思治也。曹人疾共公侵刻，下民不得其所，憂而思明王賢伯也。

冽彼下泉[一]，浸彼苞稂。[一]愾我寤嘆，念彼周京。[二]

> [一] 興也。冽，寒也。下泉，泉下流也。苞，本也。稂，童梁[二]，非溉草，得水而病也。
>
> 《箋》云：興者，喻共公之施政教，徒困病其民。稂，當作"涼"；涼，草，蕭、蓍之屬。
>
> [二]《箋》云：愾，嘆息之意。寤，覺也。念周京者，思其先王之明者也[三]。

冽彼下泉，浸彼苞蕭。[一]愾我寤嘆，念彼京周。

> [一] 蕭，蒿也。

冽彼下泉，浸彼苞蓍。[一]愾我寤嘆，念彼京師。

〔一〕 冽彼下泉　"冽"，底本誤作"洌"，足利本、殿本、阮刻本同，據五山本、相臺本、阮元《校勘記》改。下毛《傳》及經二章、三章"冽"同。

〔二〕 童粱　"粱"，底本誤作"梁"，足利本、五山本、阮刻本同，據相臺本、殿本、阮元《校勘記》改。

〔三〕 思其先王之明者也　"也"，諸本無。

［一］蓍，草也。

芃芃黍苗，陰雨膏之。^[一] 四國有王，郇伯勞之。^[二]

［一］芃芃，美貌。
［二］郇伯，郇侯也。諸侯有事，二伯述職。
《箋》云：有王，謂朝聘於天子也。郇侯，文王之子，爲州伯，有治諸侯之功。

《下泉》四章，章四句。

曹國四篇，十五章，六十八句。

毛詩卷第八

毛詩卷第八

豳七月詁訓傳第十五

毛詩國風　　　　　鄭氏箋

七　月

《七月》，陳王業也。周公遭變，故陳后稷、先公風化之所由，致王業之艱難也。[一]

[一]"周公遭變"者，管、蔡流言，辟居東都。

七月流火，九月授衣。[一]一之日觱發，二之日栗烈。無衣無褐，何以卒歲？[二]三之日于耜，四之日舉趾。同我婦子，饁彼南畝，田畯至喜。[三]

[一]火，大火也。流，下也。九月霜始降，婦功成，可以授冬衣矣。

《箋》云：大火者，寒暑之候也。火星中而寒暑退，故將言寒，先著火所在[一]。

[二]一之日，十之餘也。一之日，周正月也。觱發，風寒也。二

〔一〕先著火所在　"在"下，底本誤衍"二"字，據諸本刪。

之日,殷正月也。栗烈,寒氣也。

《箋》云:褐,毛布也。卒,終也。此二正之月,人之貴者無衣,賤者無褐,將何以終歲乎?是故八月則當績也。

[三] 三之日,夏正月也。豳土晚寒。于耜,始修耒耜也〔一〕。四之日,周四月也。民無不舉足而耕矣。饁,饋也。田畯,田大夫也。

《箋》云:同,猶俱也。喜,讀爲饎;饎,酒食也。耕者之婦子俱以饁來,至於南畝之中,其見田大夫,又爲設酒食焉。言勸其事,又愛其吏也。此章陳人以衣食爲急,餘章廣而成之。

七月流火,九月授衣。[一]春日載陽,有鳴倉庚。女執懿筐,遵彼微行,爰求柔桑。[二]春日遲遲,采蘩祁祁。女心傷悲,殆及公子同歸。[三]

[一] 《箋》云:將言女功之始,故又本於此。

[二] 倉庚,離黃也。懿筐,深筐也。微行,牆下徑也。五畝之宅,樹之以桑。

《箋》云:載之言則也。陽,溫也。溫而倉庚又鳴,可蠶之候也。柔桑,稺桑也。蠶始生,宜稺桑也。

[三] 遲遲,舒緩也。蘩,白蒿也〔二〕,所以生蠶。祁祁,衆多也。傷悲,感事苦也。春女悲,秋士悲,感其物化也。殆,始。及,與也。豳公子躬率其民,同時出,同時歸也。

《箋》云:春女感陽氣而思男,秋士感陰氣而思女,是其物化,所

〔一〕 始修耒耜也 "耒",底本誤作"表",據諸本改。
〔二〕 白蒿也 "白",底本誤作"蟠",據諸本改。

以悲也。悲則始有與公子同歸之志，欲嫁焉。女感事苦，而生此志。是謂《豳風》。

七月流火，八月萑葦。[一]蠶月條桑，取彼斧斨。以伐遠揚，猗彼女桑。[二]七月鳴鵙，八月載績。載玄載黃，我朱孔陽，爲公子裳。[三]

[一] 亂爲萑，葭爲葦。豫畜萑葦，可以爲曲也。

《箋》云：將言女功自始至成，故亦又本於此。

[二] 斨，方銎也。遠，枝遠也。揚，條揚也。角而束之曰猗。女桑，荑桑也。

《箋》云：條桑，枝落之，采其葉也。女桑少枝長條，不枝落者，束而采之。

[三] 鵙，伯勞也。載績，絲事畢而麻事起矣。玄，黑而有赤也。朱，深纁也。陽，明也。祭服玄衣纁裳。

《箋》云：伯勞鳴，將寒之候也。五月則鳴，豳地晚寒[一]，鳥物之候，從其氣焉。凡染者，春暴練，夏纁玄，秋染夏。爲公子裳，厚於其所貴者說也。

四月秀葽，五月鳴蜩。八月其穫，十月隕蘀。[一]一之日于貉，取彼狐狸，爲公子裘。[二]二之日其同，載纘武功。言私其豵，獻豜于公。[三]

[一] 不榮而實曰秀。葽，葽草也。蜩，螗也。穫，禾可穫也。

〔一〕 豳地晚寒 "地"，底本誤作"也"，據諸本改。

隕,墜〔一〕。蘀,落也。

《箋》云:《夏小正》:"四月,王萯秀。"葽其是乎?秀葽也、鳴蜩也、穫禾也、隕蘀也,四者皆物成而將寒之候。物成自秀葽始。

[二] 于貉,謂取狐狸皮也。狐貉之厚以居。孟冬,天子始裘。

《箋》云:于貉,往搏貉以自爲裘也。狐狸,以共尊者。言此者,時寒,宜助女功。

[三] 纘,繼。功,事也。豕一歲曰豵,三歲曰豜。大獸公之,小獸私之。

《箋》云:其同者,君臣及民因習兵,俱出田也。不用仲冬,亦豳地晚寒也。豕生三日豵。

五月斯螽動股,六月莎雞振羽。七月在野,八月在宇,九月在戶,十月蟋蟀入我牀下。〔一〕穹室熏鼠,塞向墐戶。〔二〕嗟我婦子,曰爲改歲,入此室處。〔三〕

[一] 斯螽,蚣蝑也。莎雞羽成而振訊之。

《箋》云:自"七月在野"至"十月入我牀下",皆謂蟋蟀也。言此三物之如此,著將寒有漸〔二〕,非卒來也。

[二] 穹,窮。室,塞也。向,北出牖也。墐,塗也。庶人蓽戶。

《箋》云:爲此四者以備寒也。

[三]《箋》云:"曰爲改歲"者,歲終而一之日觱發、二之日栗烈,當避寒氣〔三〕,而入所穹室墐戶之室而居之。至此而女功止。

―――――――――

〔一〕 墜 "墜",底本誤作"隊",據諸本改。
〔二〕 著將寒有漸 "著",底本誤作"者",據諸本改。
〔三〕 當避寒氣 "避",底本誤作"辟",據諸本改。

六月食鬱及薁，七月亨葵及菽。八月剝棗，十月穫稻。爲此春酒，以介眉壽。[一]七月食瓜，八月斷壺，九月叔苴。采荼薪樗，食我農夫。[二]

> [一] 鬱，棣屬。薁，蘡薁也。剝，擊也。春酒，凍醪也。眉壽，豪眉也。
>
> 《箋》云：介，助也。既以鬱下及棗助男功，又穫稻而釀酒，以助其養老之具。是謂《豳雅》。
>
> [二] 壺，瓠也。叔，拾也。苴，麻子也。樗，惡木也。
>
> 《箋》云：瓜瓠之畜、麻實之糁、乾荼之菜、惡木之薪，亦所以助男養農夫之具。

九月築場圃，[一]十月納禾稼。黍稷重穋，禾麻菽麥。[二]嗟我農夫，我稼既同，上入執宮功。[三]晝爾于茅，宵爾索綯。[四]亟其乘屋，其始播百穀。[五]

> [一] 春夏爲圃，秋冬爲場。
>
> 《箋》云：場、圃同地耳。物生之時，耕治之，以種菜茹[1]。至物盡成熟，築堅以爲場。
>
> [二] 後熟曰重，先熟曰穋。
>
> 《箋》云：納，内也。治於場而内之囷倉也。
>
> [三] 入爲上，出爲下。
>
> 《箋》云：既同，言已聚也。可以上入都邑之宅，治宮中之事矣。

〔一〕以種菜茹　"菜"，底本誤作"和"，據諸本改。

於是時，男之野功畢也〔一〕。

[四] 宵，夜。綯，絞也。

《箋》云：爾，女也。女當晝日往取茅歸，夜作絞索，以待時用。

[五] 乘，升也。

《箋》云：亟，急。乘，治也。十月定星將中〔二〕，急當治野廬之屋。其始播百穀，謂祈來年百穀于公社。

二之日鑿冰沖沖，三之日納于凌陰。四之日其蚤，獻羔祭韭。〔一〕九月肅霜，十月滌場。朋酒斯饗，曰殺羔羊。〔二〕躋彼公堂，稱彼兕觥，萬壽無疆。〔三〕

[一] 冰盛水腹〔三〕，則命取冰於山林。沖沖，鑿冰之意。凌陰，冰室也。

《箋》云：古者，日在北陸而藏冰，西陸朝覿而出之。祭司寒而藏之，獻羔而啟之。其出之也，朝之祿位、賓食、喪祭，於是乎用之。《月令》："仲春，天子乃獻羔，開冰，先薦寢廟。"《周禮》凌人之職："夏，頒冰，掌事。秋，刷。"上章備寒，故此章備暑。后稷、先公禮教備也。

[二] 肅，縮也。霜降而收縮萬物。滌，埽也〔四〕。場，功畢入也。兩樽曰朋。饗者，鄉人以狗，大夫加以羔羊。

〔一〕 男之野功畢也 "也"，諸本無。

〔二〕 十月定星將中 "十"，底本誤作"七"，阮刻本同，據足利本、五山本、相臺本、殿本及阮元《校勘記》改。

〔三〕 冰盛水腹 "腹"，底本誤作"復"，五山本作"複"，據足利本、相臺本、殿本、阮刻本改。

〔四〕 埽也 此二字底本誤奪，足利本、殿本、阮刻本同，五山本作"埽"，據相臺本、阮元《校勘記》補。

《箋》云：十月，民事男女俱畢，無饑寒之憂；國君閒於政事，而饗群臣。

［三］公堂，學校也。觥，所以誓衆也。疆，竟也。

《箋》云：於饗而正齒位，故因時而誓焉。飲酒既樂，欲大壽無竟。是謂《豳頌》。

《七月》八章，章十一句。

鴟鴞

《鴟鴞》，周公救亂也。成王未知周公之志，公乃爲詩以遺王，名之曰《鴟鴞》焉。[一]

[一]"未知周公之志"者，未知其欲攝政之意。

鴟鴞鴟鴞，既取我子，無毀我室。[一]恩斯勤斯，鬻子之閔斯。[二]

[一] 興也。鴟鴞，鸋鴂也。無能毀我室者，攻堅之故也。寧亡二子，不可以毀我周室。

《箋》云：重言"鴟鴞"者，將述其意之所欲言，丁寧之也。室，猶巢也。鴟鴞言已取我子者，幸無毀我巢。我巢積日累功，作之甚苦，故愛惜之也。時周公竟武王之喪，欲攝政，成周道，致太平之功。管叔、蔡叔等流言云："公將不利於孺子。"成王不知其意，而多罪其屬黨。興者，喻此諸臣乃世臣之子孫，其父祖以勤勞有此官位、土地，今若誅殺之，無絕其位，奪其土地。王意欲誚公，此之由然。

[二] 恩，愛。鬻，稚。閔，病也。稚子，成王也。

《箋》云：鴟鴞之意，殷勤於此稚子，當哀閔之。此取鴟鴞子者，指稚子也[一]。以喻諸臣之先臣，亦殷勤於此，成王亦宜哀

〔一〕指稚子也 "指"，底本誤作"恒"，五山本同，足利本、阮刻本作"言"，據相臺本、殿本及阮元《校勘記》改。

閔之〔一〕。

迨天之未陰雨，徹彼桑土，綢繆牖户。[一]今女下民，或敢侮予。[二]

> [一]迨，及。徹，剝也。桑土，桑根也。
> 《箋》云：綢繆，猶纏綿也。此鴟鴞自説作巢至苦如是，以喻諸臣之先臣，亦及文、武未定天下，積日累功，以固定此官位與土地。
> [二]《箋》云：我至苦矣。今女我巢下之民，寧有敢侮慢欲毀之者乎？意欲恚怒之。以喻諸臣之先臣固定此官位、土地，亦不欲見其絕奪。

予手拮据，予所捋荼，予所蓄租，予口卒瘏。[一]曰予未有室家。[二]

> [一]拮据，撠挶也。荼，萑苕也。租，爲。瘏，病也。手病、口病，故能免乎大鳥之難〔二〕。
> 《箋》云：此言作之至苦，故能攻堅，人不得取其子。
> [二]謂我未有室家。
> 《箋》云：我作之至苦如是者，曰我未有室家之故。

予羽譙譙，予尾翛翛。[一]予室翹翹，風雨所漂搖，予維

〔一〕成王亦宜哀閔之 "閔"，底本誤作 "閉"，據諸本改。
〔二〕故能免乎大鳥之難 "大鳥"，底本誤作 "犬馬"，據諸本改。

音嘵嘵。[二]

[一]譙譙，殺也。翛翛，敝也。

《箋》云：手口既病，羽尾又殺敝。言己勞苦甚。

[二]翹翹，危也。嘵嘵，懼也。

《箋》云：巢之翹翹而危，以其所託枝條弱也。以喻今我子孫不肖，故使我家道危也。風雨，喻成王也。音嘵嘵然，恐懼告愬之意。

《鴟鴞》四章，章五句。

東　山

《東山》，周公東征也。周公東征，三年而歸，勞歸士。大夫美之，故作是詩也。一章言其完也，二章言其思也，三章言其室家之望女也，四章樂男女之得及時也。君子之於人，序其情而閔其勞，所以說也。說以使民，民忘其死，其唯《東山》乎？[一]

[一] 成王既得金縢之書，親迎周公。周公歸，攝政，三監及淮夷叛。周公乃東伐之〔一〕，三年而後歸耳。分別章意者，周公於是志伸，美而詳之。

我徂東山，慆慆不歸。我來自東，零雨其濛。[一] 我東曰歸，我心西悲。[二] 制彼裳衣，勿士行枚。[三] 蜎蜎者蠋，烝在桑野。[四] 敦彼獨宿，亦在車下。[五]

[一] 慆慆，言久也。濛，雨皃。
《箋》云：此四句者，序歸士之情也。我往之東山，既久勞矣，歸又道遇雨濛濛然，是尤苦也。
[二] 公族有辟，公親素服，不舉樂，爲之變，如其倫之喪。
《箋》云：我在東山，常曰歸也。我心則念西而悲。
[三] 士，事。枚，微也。
《箋》云：勿，猶無也。女制彼裳衣而來，謂兵服也。亦初無行陳

〔一〕 周公乃東伐之 "伐"，底本誤作"代"，據諸本改。

銜枚之事，言前定也。《春秋傳》曰："善用兵者不陳。"

[四] 蜎蜎，蠋貌。蠋，桑蟲也〔一〕。烝，寘也。

《箋》云：蠋蜎蜎然特行〔二〕，久處桑野，有似勞苦者。古者，聲寘、填、塵同也。

[五]《箋》云：敦敦然獨宿於車下。此誠有勞苦之心。

我徂東山，慆慆不歸。我來自東，零雨其濛。果臝之實，亦施于宇。伊威在室，蠨蛸在戶。町畽鹿場，熠燿宵行。[一] 不可畏也，伊可懷也。[二]

[一] 果臝，栝樓也〔三〕。伊威，委黍也。蠨蛸，長踦也。町畽，鹿跡也。熠燿，燐也。燐，螢火也。

《箋》云：此五物者，家無人則然，令人感思。

[二]《箋》云：伊，當作"緊"；緊，猶是也。懷，思也。室中久無人〔四〕，故有此五物，是不足可畏，乃可爲憂思。

我徂東山，慆慆不歸。我來自東，零雨其濛。鸛鳴于垤，婦歎于室。洒埽穹窒，我征聿至。[一] 有敦瓜苦，烝在栗薪。[二] 自我不見，于今三年。

[一] 垤，螘塚也。將陰雨，則穴處先知之矣。鸛好水，長鳴而喜也。

〔一〕 桑蟲也 "蟲"，底本誤作"蠱"，據諸本改。
〔二〕 蠋蜎蜎然特行 "特"，底本誤作"持"，據諸本改。
〔三〕 栝樓也 "栝"，底本誤作"秳"，據諸本改。
〔四〕 室中久無人 "室"，底本誤作"塗"，據諸本改。

《箋》云：鸛，水鳥也，將陰雨則鳴。行者於陰雨尤苦，婦念之，則歎於室也。穹，窮。窒，塞。洒，灑。埽，抦也[一]。穹窒，鼠穴也。而我君子行役，述其日月，今且至矣。言婦望也。

[二] 敦，猶專專也。烝，衆也。言我心苦，事又苦也。

《箋》云：此又言婦人思其君子之居處專專，如瓜之繫綴焉。瓜之瓣有苦者，以喻其心苦也。烝，塵。栗，析也。言君子又久見使析薪，於事尤苦也。古者，聲栗、裂同[二]。

我徂東山，慆慆不歸。我來自東，零雨其濛。[一] 倉庚于飛，熠燿其羽。[二] 之子于歸，皇駁其馬。[三] 親結其縭，九十其儀。[四] 其新孔嘉，其舊如之何？[五]

[一]《箋》云：凡先著此四句者，皆爲序歸士之情。

[二]《箋》云：倉庚，仲春而鳴，嫁取之候也。熠燿其羽，羽鮮明也。歸士始行之時，新合昏禮。今還，故極序其情以樂之。

[三] 黃白曰皇，驪白曰駁。

《箋》云：之子于歸，謂始嫁時也。皇駁其馬，車服盛也。

[四] 縭，婦人之褘也。母戒女，施衿結帨。九十其儀，言多儀也。

《箋》云：女嫁[三]，父母既戒之，庶母又申之。九十其儀，喻丁寧之多。

〔一〕抦也 "抦"，底本誤作"拆"，據諸本改。
〔二〕聲栗裂同 "同"下，諸本有"也"字。
〔三〕女嫁 "嫁"，底本誤作"婦"，據諸本改。

［五］言久長之道也。

《箋》云：嘉，善也。其新來時甚善[一]，至今則久矣，不知其如何也。又極序其情樂而戲之。

《東山》四章，章十二句。

〔一〕 其新來時甚善 "甚"，底本誤作"其"，據諸本改。

破 斧

《破斧》,美周公也。周大夫以惡四國焉。[一]

[一]惡四國者,惡其流言毀周公也。

既破我斧,又缺我斨。[一]周公東征,四國是皇。[二]哀我人斯,亦孔之將。[三]

[一]隋銎曰斧。斧、斨,民之用也。禮、義,國家之用也。

《箋》云:四國流言,既破毀我周公,又損傷我成王,以此二者爲大罪。

[二]四國,管、蔡、商、奄也。皇,匡也。

《箋》云:周公既反,攝政,東伐此四國,誅其君罪,正其民人而已。

[三]將,大也。

《箋》云:此言周公之哀我民人,其德亦甚大也。

既破我斧,又缺我錡。[一]周公東征,四國是吪。[二]哀我人斯,亦孔之嘉。[三]

[一]鑿屬曰錡〔一〕。

[二]吪,化也。

〔一〕鑿屬曰錡 "曰",底本誤奪,據諸本補。

［三］《箋》云：嘉，善也。

既破我斧，又缺我銶。[一]周公東征，四國是遒。[二]哀我人斯，亦孔之休。[三]

　［一］木屬曰銶。
　［二］遒，固也。
　《箋》云：遒，斂也。
　［三］休，美也。

　《破斧》三章，章六句。

伐　柯

《伐柯》，美周公也。周大夫刺朝廷之不知也。[一]

> [一] 成王既得雷雨大風之變，欲迎周公，而朝廷群臣猶惑於管、蔡之言，不知周公之聖德，疑於王迎之礼，是以刺之。

伐柯如何？匪斧不克。[一] 取妻如何？匪媒不得。[二]

> [一] 柯，斧柄也。礼義者，亦治國之柄。
>
> 《箋》云：克，能也。伐柯之道，惟斧乃能之。此以類求其類也，以喻成王欲迎周公[一]，當使賢者先往。
>
> [二] 媒，所以用礼也。治國不能用礼，則不安。
>
> 《箋》云：媒者，能通二姓之言，定人室家之道[二]。以喻王欲迎周公，當先使曉王與周公之意者，又先往。

伐柯伐柯，其則不遠。[一] 我覯之子，籩豆有踐。[二]

> [一] 以其所願乎上，交乎下，以其所願乎下，事乎上，不遠求也[三]。
>
> 《箋》云：則，法也。伐柯者，必用柯，其大小長短，近取法於柯，所謂"不遠求"也。王欲迎周公，使還，其道亦不遠，

〔一〕 以喻成王欲迎周公　"成"，底本誤作"先"，據諸本改。
〔二〕 定人室家之道　"室家"，底本誤倒，據諸本乙正。
〔三〕 不遠求也　"也"，底本誤作"者"，據諸本改。

人心足以知之。

［二］踐，行列貌。

《箋》云：覯，見也。之子，是子也，斥<u>周公</u>也。王欲迎周公，當以饗燕之饌行，至則歡樂以説之。

《伐柯》二章，章四句。

九 罭

《九罭》，美周公也。周大夫刺朝廷之不知也。

九罭之魚，鱒魴。[一] 我覯之子，袞衣繡裳。[二]

- [一] 興也。九罭，緵罟，小魚之網也。鱒、魴，大魚也。
- 《箋》云：設九罭之罟，乃後得鱒魴之魚，言取物各有器也。興者，喻王欲迎周公之來，當有其禮。
- [二] 所以見周公也。袞衣，卷龍也。
- 《箋》云：王迎周公，當以上公之服往見之。

鴻飛遵渚。[一] 公歸無所，於女信處。[二]

- [一] 鴻不宜循渚也。
- 《箋》云：鴻，大鳥也，不宜與鳧、鷖之屬飛而循渚〔一〕。以喻周公今與凡人處東都之邑，失其所〔二〕。
- [二] 周公未得礼也。再宿曰信。
- 《箋》云：信，誠也。時東都之人欲周公留不去，故曉之云，公西歸而無所居，則可就女誠處是東都也。今公當歸復其位，不得留〔三〕。

〔一〕 不宜與鳧鷖之屬飛而循渚 "渚"，底本誤作"者"，據諸本改。
〔二〕 失其所 "所"下，諸本有"也"字。
〔三〕 不得留 "留"下，諸本有"也"字。

毛 詩 箋

鴻飛遵陸。[一] 公歸不復，於女信宿。[二]

[一] 陸非鴻所宜止〔一〕。
[二] 宿，猶處也。

是以有袞衣兮，無以我公歸兮，[一] 無使我心悲兮。[二]

[一] 無與公歸之道也。
《箋》云：是，是東都也。東都之人，欲周公留爲之君，故云"是以有袞衣"，謂成王所賚來袞衣，願其封周公於此，以袞衣命留之，無以公西歸。
[二]《箋》云：周公西歸，而東都之人心悲，恩德之愛至深也。

《九罭》四章，一章四句，三章章三句。

〔一〕 陸非鴻所宜止 "止"，底本誤作"上"，據諸本改。

狼 跋

《狼跋》,美周公也。周公攝政,遠則四國流言,近則王不知。周大夫美其不失其聖也。[一]

[一]"不失其聖"者,聞流言不惑,王不知不怨,終立其志,成周之王功,致太平,復成王之位,又爲之大師,終始無怨,聖德著焉。

狼跋其胡,載疐其尾。[一]公孫碩膚,赤舃几几。[二]

[一]興也。跋,躐。疐,跲也。老狼有胡,進則躐其胡,退則跲其尾。進退有難,然而不失其猛。

《箋》云:興者,喻周公進則躐其胡,猶始欲攝政。四國流言,辟之而居東都也。退則跲其尾,謂後復成王之位而老,成王又留之。其如是,聖德無玷缺。

[二]公孫,成王也,幽公之孫也。碩,大。膚,美也。赤舃,人君之盛屨也。几几,絢皃。

《箋》云:公,周公也。孫,讀當如"公孫于齊"之"孫"。孫之言孫遁也。周公攝政七年,致太平,復成王之位,孫遁辟此成功之大美。欲老,成王又留之,以爲大師,履赤舃几几然。

狼疐其尾,載跋其胡。公孫碩膚,德音不瑕。[一]

［一］瑕，過也。

《箋》云：不瑕，言不可疵瑕也。

《狼跋》二章，章四句。

豳國七篇，二十七章，二百三句。

毛詩卷第九

毛詩卷第九

鹿鳴之什詁訓傳第十六

毛詩小雅　　　　　　　鄭氏箋

鹿　鳴

《鹿鳴》，燕群臣嘉賓也。既飲食之，又實幣帛筐篚，以將其厚意，然後忠臣嘉賓得盡其心矣。[一]

[一] 飲之而有幣〔一〕，酬幣也。食之而有幣，侑幣也。

呦呦鹿鳴，食野之苹。[一]我有嘉賓，鼓瑟吹笙。吹笙鼓簧，承筐是將。[二]人之好我，示我周行。[三]

[一] 興也。苹，蓱也。鹿得蓱，呦呦然鳴而相呼，懇誠發乎中，以興嘉樂賓客，當有懇誠相招呼以成禮也。

《箋》云：苹，藾蕭也〔二〕。

[二] 簧，笙也。吹笙而鼓簧矣。筐，篚屬，所以行幣帛也。

《箋》云：承，猶奉也。《書》曰："篚厥玄黃。"

〔一〕 飲之而有幣 "飲"上，底本誤衍"箋云"二字，據諸本刪。
〔二〕 藾蕭也 "也"，殿本同，足利本、五山本、相臺本、阮刻本無。

〔三〕周，至。行，道也。

《箋》云：示，當作"寘"〔一〕；寘，置也。周行，周之列位也。好，猶善也。人有以德善我者，我則置之於周之列位，言己維賢是用。

呦呦鹿鳴，食野之蒿。〔一〕我有嘉賓，德音孔昭。視民不恌，君子是則是傚。〔二〕我有旨酒，嘉賓式燕以敖。〔三〕

〔一〕蒿，菣也。

〔二〕恌，愉也。是則是傚，言可法傚也。

《箋》云：德音，先王道德之教也。孔，甚。昭，明也。視，古"示"字也。飲酒之禮，於旅也語。嘉賓之語先王德教甚明，可以示天下之民，使之不愉於禮義，是乃君子所法傚。言其賢也。

〔三〕敖，遊也。

呦呦鹿鳴，食野之芩。〔一〕我有嘉賓，鼓瑟鼓琴。鼓瑟鼓琴，和樂且湛。〔二〕我有旨酒，以燕樂嘉賓之心。〔三〕

〔一〕芩，草也。

〔二〕湛，樂之久。

〔三〕燕，安也。夫不能致其樂，則不能得其志〔二〕；不能得其志，則嘉賓不能竭其力。

《鹿鳴》三章，章八句。

〔一〕當作寘　"作"，底本誤奪，據諸本補。

〔二〕則不能得其志　"則"上，底本誤衍"而"字，據諸本刪。"則"下，底本誤衍"不"字，據諸本刪。

四　　牡

《四牡》,勞使臣之來也。有功而見知則説矣。[一]

[一] 文王爲西伯之時[一],三分天下有其二,以服事殷,使臣以王事往來於其職。於其來也,陳其功苦,以歌樂之。

四牡騑騑,周道倭遲。[一]豈不懷歸?王事靡盬,我心傷悲。[二]

[一] 騑騑,行不止之貌。周道,岐周之道也。倭遲,歷遠之貌。文王率諸侯撫叛國而朝聘乎紂,故周公作樂,以歌文王之道,爲後世法。

[二] 盬,不堅固也。思歸者,私恩也。靡盬者,公義也。傷悲者,情思也。

《箋》云:無私恩,非孝子也。無公義,非忠臣也。君子不以私害公,不以家事辭王事。

四牡騑騑,嘽嘽駱馬[二]。[一]豈不懷歸?王事靡盬,不遑啓處。[二]

[一] 嘽嘽,喘息之貌。馬勞則喘息。白馬黑鬣曰駱。

〔一〕 文王爲西伯之時　"文"上,底本誤衍"箋云"二字,據諸本删。
〔二〕 嘽嘽駱馬　"駱",底本誤作"落",據諸本改。

[二]遑，暇。啓，跪。處，居也。臣受命，舍幣于禰乃行。

翩翩者鵻，載飛載下，集于苞栩。[一]王事靡盬，不遑將父。[二]

[一]鵻，夫不也。

《箋》云：夫不，鳥之慤謹者。人皆愛之，可以不勞，猶則飛則下，止於栩木。喻人雖無事，其可獲安乎？感屬之。

[二]將，養也。

翩翩者鵻，載飛載止，集于苞杞。[一]王事靡盬，不遑將母。

[一]杞，枸檵也。

駕彼四駱，載驟駸駸。[一]豈不懷歸？是用作歌，將母來諗。[二]

[一]駸駸，驟貌。
[二]諗，念也。父兼尊親之道，母至親而尊不至。

《箋》云：諗，告也。君勞使臣，述序其情，女曰：我豈不思歸乎？誠思歸也。故作此詩之歌，以養父母之志，來告於君也。人之思，恒思親者。再言"將母"，亦其情也。

《四牡》五章，章五句。

皇皇者華

《皇皇者華》，君遣使臣也。送之以禮樂，言遠而有光華也。[一]

[一] 言臣出使，能揚君之美，延其譽於四方，則爲不辱命也。

皇皇者華，于彼原隰。[一] 駪駪征夫，每懷靡及。[二]

[一] 皇皇，猶煌煌也。高平曰原，下濕曰隰[一]。忠臣奉使，能光君命，無遠無近，如華不以高下易其色。
《箋》云：無遠無近，維所之則然[二]。
[二] 駪駪[三]，衆多之貌。征夫，行人也。每，雖。懷，和也。
《箋》云：《春秋外傳》曰："懷私爲每懷也。"和，當爲"私"。衆行夫既受君命，當速行。每人懷其私相稽留，則於事將無所及。

我馬維駒，六轡如濡。[一] 載馳載驅，周爰咨諏。[二]

[一] 《箋》云[四]：如濡，言鮮澤也。
[二] 忠信爲周。訪問於善爲咨。咨事爲諏。

〔一〕 下濕曰隰 "濕"，底本誤作"隰"，據諸本改。
〔二〕 皇皇猶……之則然 此四十六字底本誤植於經文"每懷靡及"下，據諸本改。
〔三〕 駪駪 此二字底本誤作"銑銑"，據諸本改。
〔四〕 箋云 此二字底本誤奪，據諸本補。

《箋》云：爰，於也。大夫出使，馳驅而行，見忠信之賢人，則於之訪問[一]，求善道也。

我馬維騏，六轡如絲。[一] 載馳載驅，周爰咨謀。[二]

[一] 言調忍也。
[二] 咨事之難易爲謀。

我馬維駱，六轡沃若。載馳載驅，周爰咨度。[一]

[一] 咨礼義所宜爲度。

我馬維駰，六轡既均。[一] 載馳載驅，周爰咨詢。[二]

[一] 陰白雜毛曰駰。均，調也。
[二] 親戚之謀爲詢。兼此五者，雖有中和，當自謂無所及，成於六德也。
《箋》云：中和，謂忠信也。五者，咨也、諏也、謀也、度也、詢也。雖得此於忠信之賢人，猶當云：己將無所及於事，則成六德。言慎其事[二]。

《皇皇者華》五章，章四句。

〔一〕則於之訪問 "之"，底本誤作"是"，足利本、殿本、阮刻本同，據五山本、相臺本及阮元《校勘記》改。

〔二〕言慎其事 "慎"，底本誤作"愼"，據諸本改。

常　棣

《常棣》，燕兄弟也。閔管、蔡之失道，故作《常棣》焉。[一]

[一] 周公弔二叔之不咸，而使兄弟之恩疏，召公爲作此詩，而歌之以親之。

常棣之華，鄂不韡韡。[一] 凡今之人，莫如兄弟。[二]

[一] 興也。常棣，棣也。鄂，猶鄂鄂然，言外發也。韡韡，光明也。

《箋》云：承華者曰鄂。不，當作"拊"；拊，鄂足也。鄂足得華之光明，則韡韡然盛。興者，喻弟以敬事兄，兄以榮覆弟，恩義之顯，亦韡韡然。古聲不、拊同。

[二] 聞常棣之言爲今也。

《箋》云：聞常棣之言，始聞常棣華鄂之説也。如此則人之恩親，無如兄弟之最厚〔一〕。

死喪之威〔二〕，兄弟孔懷。[一] 原隰裒矣，兄弟求矣。[二]

[一] 威，畏。懷，思也。

《箋》云：死喪，可畏怖之事。維兄弟之親，甚相思念〔三〕。

〔一〕 無如兄弟之最厚　"最"，底本誤奪，據諸本補。
〔二〕 死喪之威　"威"，底本誤作"戚"，據諸本改。
〔三〕 威畏……甚相思念　此二十三字底本誤植於經文"兄弟求矣"下，據諸本改。

［二］裒，聚也。求矣，言求兄弟也。

《箋》云：原也、隰也，以相與聚居之故〔一〕，故能定高下之名，猶兄弟相求，故能立榮顯之名。

脊令在原，兄弟急難。［一］每有良朋，況也永歎。［二］

［一］脊令，雝渠也。飛則鳴，行則搖，不能自舍耳。急難，言兄弟之相救於急難。

《箋》云：雝渠水鳥，而今在原，失其常處。則飛則鳴，求其類，天性也，猶兄弟之於急難。

［二］況，茲。永〔二〕，長也。

《箋》云：每有，雖也。良，善也。當急難之時，雖有善同門來，茲對之長歎而已也〔三〕。

兄弟鬩于牆，外禦其務。［一］每有良朋，烝也無戎。［二］

［一］鬩，很也〔四〕。

《箋》云：禦，禁。務，侮也。兄弟雖内鬩，而外禦侮也〔五〕。

［二］烝，填。戎，相也。

《箋》云：當急難之時，雖有善同門來，久也猶無相助己者。古聲填、寘、塵同。

〔一〕以相與聚居之故 "與聚"，底本誤倒，據諸本乙正。
〔二〕永 "永"，底本誤作"求"，據諸本改。
〔三〕茲對之長歎而已也 "也"，諸本無。
〔四〕很也 "很"，底本誤作"狠"，五山本同，據足利本、相臺本、殿本、阮刻本改。
〔五〕而外禦侮也 "侮"，底本原奪，據諸本補。

鹿鳴之什詁訓傳第十六　常棣

喪亂既平，既安且寧。雖有兄弟，不如友生。[一]

　　[一]兄弟尚恩怡怡然，朋友以義切切然。
　　《箋》云：平，猶正也。安寧之時，以禮義相琢磨，則友生急。

儐爾籩豆，飲酒之飫。[一]兄弟既具，和樂且孺。[二]

　　[一]儐，陳。飫，私也。不脫屨升堂謂之飫。
　　《箋》云：私者，圖非常之事。若議大疑於堂，則有飫礼焉。聽朝爲公。
　　[二]九族會曰和。孺，屬也。王與親戚燕則尚毛。
　　《箋》云：九族，從己上至高祖，下及玄孫之親也。屬者，以昭穆相次序。

妻子好合，如鼓瑟琴。[一]兄弟既翕，和樂且湛。[二]

　　[一]《箋》云：好合，志意合也。合者，如鼓瑟琴之聲相應和也。王與族人燕，則宗婦內宗之屬，亦從后於房中〔一〕。
　　[二]翕，合也〔二〕。

宜爾家室，樂爾妻帑。[一]是究是圖，亶其然乎。[二]

　　[一]帑，子也。

────────

〔一〕亦從后於房中　"亦"，底本誤作"可"，據諸本改。
〔二〕合也　"合"下，五山本、足利本、相臺本、阮刻本有"也"字。

《箋》云：族人和，則得保樂其家中之大小。

［二］究，深。圖，謀。亶，信也。

《箋》云：女深謀之，信其如是。

《常棣》八章，章四句。

伐　木

《伐木》，燕朋友故舊也。自天子至于庶人，未有不須友以成者。親親以睦，友賢不棄，不遺故舊，則民德歸厚矣。

伐木丁丁，鳥鳴嚶嚶。[一]出自幽谷，遷于喬木。[二]嚶其鳴矣，求其友聲。[三]

[一] 興也。丁丁，伐木聲也。嚶嚶，驚懼也。

《箋》云：丁丁、嚶嚶，相切直也。言昔日未居位[一]，在農之時，與友生於山巖伐木，爲勤苦之事，猶以道德相切正也。嚶嚶，兩鳥聲也。其鳴之志，似於有友道然，故連言之。

[二] 幽，深。喬，高也。

《箋》云：遷，徙也。謂鄉時之鳥，出從深谷，今移處高木。

[三] 君子雖遷於高位，不可以忘其朋友。

《箋》云：嚶其鳴矣，遷處高木者。求其友聲，求其尚在深谷者。其相得，則復鳴嚶嚶然。

相彼鳥矣，猶求友聲。矧伊人矣，不求友生？[一]神之聽之，終和且平。[二]

[一] 矧，況也。

《箋》云：相，視也。鳥尚知居高木呼其友，況是人乎？可不求之？

〔一〕 言昔日未居位　"昔"，底本誤作"音"，據諸本改。

〔二〕《箋》云：以可否相增減曰和〔一〕。平，齊等也。此言心誠求之，神若聽之，使得如志，則友終相與和而齊功也。

伐木許許，釃酒有藇。〔一〕既有肥羜，以速諸父。〔二〕寧適不來，微我弗顧。〔三〕

〔一〕許許，柿貌。以筐曰釃，以藪曰湑。藇，美貌。
《箋》云：此言前者伐木許許之人，今則有酒而釃之，本其故也。
〔二〕羜，未成羊也。天子謂同姓諸侯、諸侯謂同姓大夫皆曰父，異姓則稱舅。國君友其賢臣，大夫、士友其宗族之仁者。
《箋》云：速，召也。有酒、有羜，今以召族人飲酒。
〔三〕微，無也。
《箋》云：寧召之適自不來，無使言我不顧念也。

於粲洒埽，陳饋八簋。〔一〕既有肥牡，以速諸舅。寧適不來，微我有咎。〔二〕

〔一〕粲，鮮明貌。圓曰簋。天子八簋。
《箋》云：粲然已灑㩉矣〔二〕，陳其黍稷矣，謂爲食礼。
〔二〕咎，過也。

伐木于阪，釃酒有衍。〔一〕籩豆有踐，兄弟無遠。〔二〕民之

〔一〕以可否相增減曰和　"減"，底本誤作"咸"，據諸本改。
〔二〕粲然已灑㩉矣　"灑"，底本誤作"儷"，五山本奪，據足利本、相臺本、殿本、阮刻本改。

失德，乾餱以愆。[三]

[一] 衍，美貌。

《箋》云：此言伐木于阪，亦本之也。

[二]《箋》云：踐，陳列貌。兄弟，父之黨、母之黨。

[三] 餱，食也。

《箋》云：失德，謂見謗訕也。民尚以乾餱之食獲愆過於人，況天子之饌，反可以恨兄弟乎？故不當遠之。

有酒湑我，無酒酤我。[一] 坎坎鼓我，蹲蹲舞我。[二] 迨我暇矣，飲此湑矣。[三]

[一] 湑，茜之也。酤，一宿酒也。

《箋》云：酤，買也。此族人陳王之恩也。王有酒則沛茜之，王無酒酤買之，要欲厚於族人。

[二] 蹲蹲，舞貌。

《箋》云：為我擊鼓坎坎然，為我興舞蹲蹲然，謂以樂樂己。

[三]《箋》云：迨，及也。此又述王意也。王曰：及我今之閒暇，共飲此湑酒。欲其無不醉之意。

《伐木》六章，章六句。

天　保

　　《天保》，下報上也。君能下下以成其政，臣能歸美以報其上焉。[一]

　　[一]下下，謂《鹿鳴》至《伐木》，皆君所以下臣也。臣亦宜歸
　　　　美於王，以崇君之尊而福祿之，以答其歌。

天保定爾，亦孔之固。[一]俾爾單厚，何福不除？[二]俾爾多益，以莫不庶。[三]

　　[一]固，堅也。
　　《箋》云：保，安。爾，女也，女王也。天之安定女，亦甚堅固。
　　[二]俾，使。單，信也。或曰：單，厚也。除，開也。
　　《箋》云：單，盡也。天使女盡厚天下之民，何福而不開？皆開出
　　　　以予之。
　　[三]庶，衆也。
　　《箋》云：莫，無也。使女每物益多，以是故無不衆也。

天保定爾，俾爾戩穀。罄無不宜，受天百祿。[一]降爾遐福，維日不足。[二]

　　[一]戩，福。穀，祿。罄，盡也。
　　《箋》云：天使女所福祿之人，謂群臣也。其舉事盡得其宜，受天
　　　　之多祿。

[二]《箋》云：遐，遠也。天又下予女以廣遠之福，使天下溥蒙之，汲汲然如日且不足也。

天保定爾，以莫不興。[一]如山如阜，如岡如陵。[二]如川之方至，以莫不增。[三]

[一]《箋》云：興，盛也。無不盛者，使萬物皆盛，草木暢茂，禽獸碩大。

[二]言廣厚也。高平曰陸，大陸曰阜，大阜曰陵。

《箋》云：此言其福祿委積高大也。

[三]《箋》云：川之方至，謂其水縱長之時也。萬物之收，皆增多也。

吉蠲爲饎，是用孝享。[一]禴祠烝嘗，于公先王。[二]君曰卜爾，萬壽無疆。[三]

[一]吉，善。蠲，絜也。饎，酒食也。享，獻也。

《箋》云：謂將祭祀也。

[二]春曰祠，夏曰禴，秋曰嘗，冬曰烝。公，事也。

《箋》云：公，先公，謂后稷至諸盩。

[三]君，先君也，尸所以象神。卜，予也。

《箋》云："君曰卜爾"者，尸嘏主人傳神辭也。

神之弔矣，詒爾多福。[一]民之質矣，日用飲食。[二]群黎百姓，徧爲爾德。[三]

［一］弔，至。詒，遺也。

《箋》云：神至者，宗廟致敬，鬼神著矣，此之謂也。

［二］質，成也。

《箋》云：成，平也。民事平，以礼飲食，相燕樂而已。

［三］百姓，百官族姓也。

《箋》云：黎，衆也。群衆百姓，徧爲女之德，言則而象之。

如月之恒，如日之升。^[一]如南山之壽，不騫不崩。^[二]如松柏之茂，無不爾或承。^[三]

［一］恒，弦。升，出也。言俱進也。

《箋》云：月上弦而就盈，日始出而就明。

［二］騫，虧也。

［三］《箋》云：或之言有也。如松柏之枝葉常茂盛，青青相承，無衰落也。

《天保》六章，章六句。

采 薇

《采薇》,遣戍役也。文王之時,西有昆夷之患,北有獫狁之難。以天子之命命將率,遣戍役,以守衞中國。故歌《采薇》以遣之、《出車》以勞還、《杕杜》以勤歸也。[一]

[一] 文王爲西伯,服事殷之時也。昆夷,西戎也。天子,殷王也。戍,守也。西伯以殷王之命,命其屬爲將率,將戍役,禦西戎及北狄之難,歌《采薇》以遣之。《杕杜》勤歸者,以其勤勞之故,於其歸,歌《杕杜》以休息之〔一〕。

采薇采薇,薇亦作止。[一] 曰歸曰歸,歲亦莫止。[二] 靡室靡家,獫狁之故。不遑啓居,獫狁之故。[三]

[一] 薇,菜。作,生也。

《箋》云:西伯將遣戍役,先與之期以采薇之時。今薇生矣,先輩可以行也。重言"采薇"者,丁寧行期也。

[二]《箋》云:莫,晚也。曰女何時歸乎?何時歸乎?亦歲晚之時,乃得歸也。又丁寧歸期,定其心也。

[三] 獫狁,北狄也。

《箋》云:北狄,今匈奴也。靡,無。遑,暇。啓,跪也。古者,師出不踰時。今薇生而行,歲晚乃得歸,使女無室家夫婦之道,不暇跪居者,有獫狁之難故。曉之也。

〔一〕 歌杕杜以休息之 "之",底本誤作"也",據諸本改。

采薇采薇，薇亦柔止。[一]曰歸曰歸，心亦憂止。[二]憂心烈烈，載飢載渴。[三]我戍未定，靡使歸聘。[四]

　　[一]柔，始生也。

　　《箋》云：柔，謂脆脕之時。

　　[二]《箋》云：憂止者，憂其歸期將晚。

　　[三]《箋》云：烈烈，憂貌。則飢則渴，言其苦也〔一〕。

　　[四]聘，問也。

　　《箋》云：定，止也。我方守於北狄，未得止息，無所使歸問。言
　　　　所以憂。

采薇采薇，薇亦剛止。[一]曰歸曰歸，歲亦陽止。[二]王事靡盬，不遑啟處。[三]憂心孔疚，我行不來。[四]

　　[一]少而剛也。

　　《箋》云：剛，謂少堅忍時。

　　[二]陽，歷陽月也。

　　《箋》云：十月爲陽。時坤用事，嫌於無陽，故以名此月爲陽。

　　[三]《箋》云：盬，不堅固也。處，猶居也。

　　[四]疚，病。來，至也。

　　《箋》云：我，戍役自我也。來，猶反也。據家曰來。

彼爾維何？維常之華。[一]彼路斯何？君子之車。[二]戎車既駕，四牡業業。[三]豈敢定居？一月三捷。[四]

〔一〕言其苦也 "苦"，底本誤作 "若"，據諸本改。

［一］爾，華盛貌。常，常棣也。

《箋》云：此言"彼爾"者，乃常棣之華，以興將率車馬服飾之盛。

［二］《箋》云：斯，此也。君子，謂將率。

［三］業業然，壯也。

［四］捷，勝也。

《箋》云：定，止也。將率之志，往至所征之地，不敢止而居處自安也。往則庶乎一月之中，三有勝功，謂侵也、伐也、戰也。

駕彼四牡，四牡騤騤。君子所依，小人所腓。^[一]四牡翼翼，象弭魚服。^[二]豈不日戒？玁狁孔棘。^[三]

［一］騤騤，彊也〔一〕。腓，辟也。

《箋》云：腓，當作"芘"。此言戎車者，將率之所依乘，戍役之所芘倚。

［二］翼翼，閑也。象弭，弓反末也，所以解紛也。魚服，魚皮也。

《箋》云：弭，弓反末彆者，以象骨爲之，以助御者解轡紛，宜滑也。服，矢服也。

［三］《箋》云：戒，警，勑軍事也。孔，甚。棘，急也。言君子、小人豈不日相警戒乎？誠日相警戒也。玁狁之難甚急，豫述其苦以勸之。

昔我往矣，楊柳依依。今我來思，雨雪霏霏。^[一]行道遲遲，

〔一〕彊也　"彊"，底本誤作"疆"，殿本同，據足利本、五山本、相臺本、阮刻本改。

載渴載飢。[二] 我心傷悲，莫知我哀。[三]

［一］楊柳，蒲柳也。霏霏，甚也。

《箋》云：我來，戍止而謂始反時也。上三章言戍役，次二章言將率之行〔一〕，故此章重序其往反之時，極言其苦以説之。

［二］遲遲，長遠也。

《箋》云：行反在於道路，猶飢渴。言至苦也。

［三］君子能盡人之情，故人忘其死。

《采薇》六章，章八句。

〔一〕次二章言將率之行 "二"，底本誤作 "三"，據諸本改。

出　車

《出車》，勞還率也。[一]

> [一] 遣將率及戍役，同歌同時，欲其同心也。反而勞之，異歌異日，殊尊卑也。《礼記》曰："賜，君子、小人不同日。"此其義也〔一〕。

我出我車，于彼牧矣。[一]自天子所，謂我來矣。[二]召彼僕夫，謂之載矣。王事多難，維其棘矣。[三]

> [一] 出車，就馬於牧地。
>
> 《箋》云：上我，我殷王也。下我，將率自謂也。西伯以天子之命，出我戎車於所牧之地，將使我出征伐。
>
> [二]《箋》云：自，從也。有人從王所來，謂我來矣，謂以王命召己，將使爲將率也。先出戎車，乃召將率，將率尊也。
>
> [三] 僕夫，御夫也。
>
> 《箋》云：棘，急也。王命召己〔二〕，己即召御夫，使裝載物而往。王之事多難，其召我必急，欲疾趨之。此序其忠敬也。

我出我車，于彼郊矣。設此旐矣，建彼旄矣。[一]彼旟旐斯，胡不旆旆？[二]憂心悄悄，僕夫況瘁。[三]

〔一〕 此其義也　"此"，底本誤作"北"，據諸本改。
〔二〕 王命召己　"王"，底本誤作"正"，據諸本改。

［一］龜蛇曰旐。旄[一]，干旄。

《箋》云：設旐者，屬之於干旄，而建之戎車。將率既受命行，乃乘焉。牧地在遠郊。

［二］鳥隼曰旟。旆旆，旒垂貌。

［三］《箋》云：況，茲也。將率既受命行而憂，臨事而懼也。御夫則茲益憔悴，憂其馬之不正。

王命南仲，往城于方。出車彭彭，旂旐央央。[一]天子命我，城彼朔方。赫赫南仲，玁狁于襄。[二]

［一］王，殷王也。南仲，文王之屬。方，朔方，近玁狁之國也。彭彭，四馬貌。交龍爲旂。央央，鮮明也。

《箋》云：王使南仲爲將率，往築城于朔方，爲軍壘以禦北狄之難。

［二］朔方，北方也。赫赫，盛貌。襄，除也。

《箋》云：此我，我戍役也。戍役築壘，而美其將率自此出征也。

昔我往矣，黍稷方華。今我來思，雨雪載塗。王事多難，不遑啓居。[一]豈不懷歸？畏此簡書。[二]

［一］塗，凍釋也。

《箋》云：黍稷方華，朔方之地六月時也。以此時始出壘，征伐玁狁，因伐西戎，至春凍始釋而來反，其間非有休息。

［二］簡書，戒命也。鄰國有急，以簡書相告，則奔命救之。

〔一〕旄 "旄"，底本誤作"旟"，據諸本改。

喓喓草蟲，趯趯阜螽。[一]未見君子，憂心忡忡。既見君子，我心則降。[二]赫赫南仲，薄伐西戎。

[一]《箋》云：草蟲鳴，阜螽躍而從之，天性也。喻近西戎之諸侯，聞南仲既征玁狁，將伐西戎之命，則跳躍而鄉望之，如阜螽之聞草蟲鳴焉。草蟲鳴，晚秋之時也。此以其時所見而興之。

[二]《箋》云：君子，斥南仲也。降，下也。

春日遲遲，卉木萋萋。倉庚喈喈，采蘩祁祁。執訊獲醜，薄言還歸。[一]赫赫南仲，玁狁于夷。[二]

[一]卉，草也。訊，辭也。
《箋》云：訊，言。醜，衆也。伐西戎，以凍釋時反，朔方之壘息戍役，至此時而歸京師。稱美時物，以及其事，喜而詳之也。執其可言問所獲之衆以歸者，當獻之也。

[二]夷，平也。
《箋》云：平者，平之於王也。此時亦伐西戎，獨言平玁狁者，玁狁大，故以爲始，以爲終。

《出車》六章，章八句。

杕　杜

《杕杜》，勞還役也。[一]

[一] 役，戍役也。

有杕之杜，有睆其實。[一]王事靡盬，繼嗣我日。[二]日月陽止，女心傷止，征夫遑止。[三]

[一] 興也。睆，實貌。杕杜猶得其時蕃滋，役夫勞苦，不得盡其天性。
[二]《箋》云：嗣，續也。王事無不堅固，我行役續嗣其日。言常勞苦，無休息。
[三]《箋》云：十月爲陽。遑，暇也。婦人思望其君子，陽月之時，已憂傷矣。征夫如今已閒暇，且歸也，而尚不得歸，故序其男女之情以説之。陽月而思望之者，以初時云"歲亦莫止"。

有杕之杜，其葉萋萋。王事靡盬，我心傷悲。[一]卉木萋止，女心悲止，征夫歸止。[二]

[一]《箋》云：傷悲者，念其君子於今勞苦。
[二] 室家踰時則思。

陟彼北山，言采其杞。王事靡盬，憂我父母。[一]檀車幝幝，

四牡痯痯，征夫不遠。^[二]

[一]《箋》云：杞，非常菜也。而升北山采之，託有事以望君子。

[二]檀車，役車也。幝幝，敝貌。痯痯，罷貌。

《箋》云：不遠者，言其來，喻路近。

匪載匪來，憂心孔疚。^[一]期逝不至，而多爲恤。^[二]卜筮偕止，會言近止，征夫邇止。^[三]

[一]《箋》云：匪，非。疚，病也。君子至期不裝載，意不爲來，我念之憂心甚病。

[二]逝，往。恤，憂也。遠行不必如期，室家之情，以期望之。

[三]卜之筮之，會人占之。邇，近也。

《箋》云：偕，俱。會，合也。或卜之，或筮之，俱占之，合言於繇爲近，征夫如今近耳。

《杕杜》四章，章七句。

魚 麗

《魚麗》，美萬物盛多，能備禮也。文、武以《天保》以上治內，《采薇》以下治外。始於憂勤，終於逸樂，故美萬物盛多，可以告於神明矣。[一]

[一] 內，謂諸夏也。外，謂夷狄也。"告於神明"者，於祭祀而歌之。

魚麗于罶，鱨鯊。[一] 君子有酒旨，且多。[二]

[一] 麗，歷也。罶，曲梁也，寡婦之笱也。鱨，揚也。鯊，鮀也。大平而後，微物衆多，取之有時，用之有道，則物莫不多矣。古者，不風不暴，不行火；草木不折，不操斧斤，不入山林；豺祭獸，然後殺；獺祭魚，然後漁；鷹隼擊，然後罻羅設。是以天子不合圍，諸侯不掩群，大夫不麛不卵，士不隱塞，庶人不數罟，罟必四寸，然後入澤梁。故山不童，澤不竭，鳥獸魚鱉皆得其所然。

[二]《箋》云：酒美，而此魚又多也。

魚麗于罶，魴鱧。[一] 君子有酒多，且旨。[二]

[一] 鱧，鮦也。

[二]《箋》云：酒多，而此魚又美也。

魚麗于罶，鱨鯊。^[一] 君子有酒旨，且有。^[二]

[一] 鱨，鮎也。
[二]《箋》云：酒美，而此魚又有。

物其多矣，維其嘉矣。^[一]

[一]《箋》云：魚既多又善。

物其旨矣，維其偕矣。^[一]

[一]《箋》云：魚既美又齊等。

物其有矣，維其時矣。^[一]

[一]《箋》云：魚既有又得其時。

《魚麗》六章，三章章四句，三章章二句。

南陔　白華　華黍

《南陔》，孝子相戒以養也。
《白華》，孝子之絜白也。
《華黍》，時和歲豐，宜黍稷也。
有其義而亡其辭。[一]

[一] 此三篇者，鄉飲酒、燕礼用焉，曰"笙入，立于縣中[一]，奏《南陔》《白華》《華黍》"是也。孔子論《詩》，"《雅》《頌》各得其所"，時俱在耳，篇弟當在於此。遭戰國及秦之世而亡之，其義則與衆篇之義合編，故存。至毛公爲《詁訓傳》，乃分衆篇之義，各置於其篇端云。又闕其亡者[二]，以見在爲數，故推改什首，遂通耳，而下非孔子之舊。

《鹿鳴之什》十篇，五十五章，三百一十五句。

〔一〕 立于縣中　"中"，底本誤作"時"，據諸本改。
〔二〕 又闕其亡者　"闕"，底本誤作"推"，據諸本改。

毛詩卷第十

毛詩卷第十

南有嘉魚之什詁訓傳第十七

毛詩小雅　　　　　　鄭氏箋

南有嘉魚

《南有嘉魚》，樂與賢也。太平之君子至誠，樂與賢者共之也。[一]

[一] 樂得賢者，與共立於朝，相燕樂也。

南有嘉魚，烝然罩罩。[一] 君子有酒，嘉賓式燕以樂。[二]

[一] 江、漢之間，魚所產也。罩罩，篧也。
《箋》云：烝，塵也。塵然，猶言久如也。言南方水中有善魚，人將久如而俱罩之，遲之也。喻天下有賢者，在位之人將久如而並求致之於朝，亦遲之也。遲之者，謂至誠也。

[二] 《箋》云：君子，斥時在位者也。式，用也。用酒與賢者燕飲而樂也。

南有嘉魚，烝然汕汕。[一] 君子有酒，嘉賓式燕以衎。[二]

［一］汕汕，樔也。

《箋》云：樔者，今之撩罟也。

［二］衎，樂也。

南有樛木，甘瓠纍之。[一] 君子有酒，嘉賓式燕綏之。[二]

［一］興也。纍，蔓也。

《箋》云：君子下其臣，故賢者歸往也。

［二］《箋》云：綏，安也。與嘉賓燕飲而安之。《鄉飲酒》曰："賓以我安。"

翩翩者鵻，烝然來思。[一] 君子有酒，嘉賓式燕又思。[二]

［一］鵻，壹宿之鳥。

《箋》云：壹宿者，壹意於其所宿之木也。喻賢者有專壹之意於我，我將久如而來，遲之也。

［二］《箋》云：又，復也。以其壹意，欲復與燕，加厚之。

《南有嘉魚》四章，章四句。

南山有臺

《南山有臺》，樂得賢也。得賢則能爲邦家立太平之基矣。[一]

[一] 人君得賢，則其德廣大堅固，如南山之有基趾〔一〕。

南山有臺，北山有萊。[一]樂只君子，邦家之基。樂只君子，萬壽無期。[二]

[一] 興也。臺，夫須也。萊，草也。
《箋》云：興者，山之有草木，以自覆蓋，成其高大，喻人君有賢臣，以自尊顯。
[二] 基，本也。
《箋》云：只之言是也。人君既得賢者，置之於位，又尊敬以禮樂樂之，則能爲國家之本，得壽考之福。

南山有桑，北山有楊。樂只君子，邦家之光。樂只君子，萬壽無疆。[一]

[一]《箋》云：光，明也。政教明，有榮曜。

南山有杞，北山有李。樂只君子，民之父母。樂只君子，

〔一〕 如南山之有基趾 "趾"，底本誤作"址"，殿本同，據足利本、五山本、相臺本、阮刻本改。

德音不已。[一]

[一]《箋》云：已，止也。不止者，言長見稱頌也。

南山有栲，北山有杻。[一]樂只君子，遐不眉壽。樂只君子，德音是茂。[二]

[一]栲，山樗。杻，檍也。
[二]眉壽，秀眉也。
《箋》云：遐，遠也。遠不眉壽者，言其近眉壽也。茂，盛也。

南山有枸，北山有楰。[一]樂只君子，遐不黃耇。樂只君子，保艾爾後。[二]

[一]枸，枳枸。楰，鼠梓。
[二]黃，黃髮也。耇，老。艾，養。保，安也。

《南山有臺》五章，章六句。

由庚　崇丘　由儀

《由庚》，萬物得由其道也。
《崇丘》，萬物得極其高大也。
《由儀》，萬物之生各得其宜也。
有其義而亡其辭。[一]

[一] 此三篇者，鄉飲酒、燕禮亦用焉，曰："乃間歌《魚麗》，笙《由庚》；歌《南有嘉魚》，笙《崇丘》；歌《南山有臺》，笙《由儀》。"亦遭世亂而亡之。《燕禮》又有"升歌《鹿鳴》，下管《新宮》"，《新宮》亦詩篇名也，辭義皆亡，無以知其篇第之處。

蓼　　蕭

《蓼蕭》，澤及四海也。[一]

[一] 九夷、八狄、七戎、六蠻，謂之四海。國在九州之外[一]，雖有大者，爵不過子。《虞書》曰："州十有二師[二]，外薄四海，咸建五長。"

蓼彼蕭斯，零露湑兮。[一] 既見君子，我心寫兮。[二] 燕笑語兮，是以有譽處兮。[三]

[一] 興也。蓼，長大貌。蕭，蒿也。湑湑然，蕭上露貌。
《箋》云：興者，蕭，香物之微者，喻四海之諸侯，亦國君之賤者；露者，天所以潤萬物[三]，喻王者恩澤，不屬遠國則不及也。
[二] 輸寫其心也。
《箋》云："既見君子"者，遠國之君朝見於天子也。"我心寫"者，舒其情意，無留恨也。
[三]《箋》云：天子與之燕而笑語，則遠國之君，各得其所，是以稱揚德美，使聲譽常處天子。

蓼彼蕭斯，零露瀼瀼。[一] 既見君子，爲龍爲光。[二] 其德不爽，壽考不忘。[三]

〔一〕國在九州之外　"國"，底本誤作"同"，據諸本改。
〔二〕州十有二師　"十有"，底本誤倒，據諸本乙正。
〔三〕天所以潤萬物　"天"，底本誤作"大"，據諸本改。

〔一〕瀼瀼，露蕃貌。

〔二〕龍，寵也。

《箋》云：爲龍爲光，言天子恩澤光耀被及己也。

〔三〕爽，差也。

蓼彼蕭斯，零露泥泥。〔一〕既見君子，孔燕豈弟。〔二〕宜兄宜弟，令德壽豈。〔三〕

〔一〕泥泥，霑濡也。

〔二〕豈，樂。弟，易也。

《箋》云：孔，甚。燕，安也。

〔三〕爲兄亦宜，爲弟亦宜。

蓼彼蕭斯，零露濃濃。〔一〕既見君子，鞗革沖沖〔一〕。和鸞雝雝，萬福攸同。〔二〕

〔一〕濃濃，厚貌。

〔二〕鞗，轡也。革，轡首也。沖沖，垂飾皃。在軾曰和，在鑣曰鸞。

《箋》云：此説天子之車飾者，諸侯燕見天子，天子必乘車迎于門，是以云然。攸，所也。

《蓼蕭》四章，章六句。

────────

〔一〕鞗革沖沖　"沖沖"，底本誤作"忡忡"，足利本、五山本、相臺本、阮刻本同，據殿本及阮元《校勘記》改。下毛《傳》"沖沖"同。

湛　露

《湛露》，天子燕諸侯也。[一]

[一] 燕，謂與之燕飲酒也。諸侯朝覲、會同，天子與之燕，所以示慈惠。

湛湛露斯，匪陽不晞。[一] 厭厭夜飲，不醉無歸。[二]

[一] 興也。湛湛，露茂盛貌。陽，日也。晞，乾也。露雖湛湛然，見陽則乾。

《箋》云：興者，露之在物湛湛然，使物柯葉低垂，喻諸侯受燕爵，其儀有似醉之貌。諸侯旅酬之，則猶然，唯天子賜爵，則貌變，肅敬承命，有似露見日而晞〔一〕。

[二] 厭厭，安也。夜飲，私燕也。宗子將有事，則族人皆侍。不醉而出，是不親也；醉而不出，是渫宗也。

《箋》云：天子燕諸侯之礼亡，此假宗子與族人燕爲説爾。族人，猶群臣也。其醉不出、不醉而出，猶諸侯之儀也。飲酒至夜，猶云"不醉無歸"，此天子於諸侯之儀。燕飲之禮，宵則兩階及庭門皆設大燭焉〔二〕。

湛湛露斯，在彼豐草。厭厭夜飲，在宗載考。[一]

〔一〕 有似露見日而晞　"而"，底本誤作"則"，據諸本改。
〔二〕 宵則兩階及庭門皆設大燭焉　"大"，底本誤奪，據諸本補。

［一］豐，茂也。夜飲必於宗室。
《箋》云：豐草，喻同姓諸侯也。載之言則也。考，成也。夜飲之禮，在宗室，同姓諸侯則成之；於庶姓，其讓之則止。昔者陳敬仲飲桓公酒而樂，桓公命以火繼之，敬仲曰："臣卜其晝，未卜其夜。"於是乃止。此之謂不成也。

湛湛露斯，在彼杞棘。顯允君子，莫不令德。[一]

［一］《箋》云：杞也、棘也，異類，喻庶姓諸侯也。令，善也。無不善其德，言飲酒不至於醉。

其桐其椅，其實離離。豈弟君子，莫不令儀。[一]

［一］離離，垂也。
《箋》云：桐也、椅也，同類而異名，喻二王之後也。其實離離，喻其薦俎禮物多於諸侯也。飲酒不至於醉，徒善其威儀而已，謂陵節也。

《湛露》四章，章四句。

彤 弓

《彤弓》，天子錫有功諸侯也。[一]

[一] 諸侯敵王所愾，而獻其功。王饗礼之，於是賜彤弓一、彤矢百、玈弓矢千[一]。凡諸侯，賜弓矢，然後專征伐。

彤弓弨兮，受言藏之。[一]我有嘉賓，中心貺之。[二]鐘鼓既設，一朝饗之。[三]

[一] 彤弓，朱弓也，以講德習射。弨，弛貌。言，我也。
《箋》云：言者，謂王策命也。王賜朱弓，必策其功以命之。受出藏之，乃反入也。
[二] 貺，賜也。
《箋》云：貺者，欲加恩惠也。王意殷勤於賓，故歌序之。
[三]《箋》云：大飲賓曰饗。一朝，猶早朝。

彤弓弨兮，受言載之。[一]我有嘉賓，中心喜之。[二]鐘鼓既設，一朝右之。[三]

[一] 載以歸也。
《箋》云：出載之車也。
[二] 喜，樂也。

〔一〕於是賜彤弓一彤矢百玈弓矢千 "玈"，底本誤作"旅"，據諸本改。

〔三〕右，勸也。

《箋》云：右之者，主人獻之，賓受爵，奠于薦右。既祭俎，乃席末坐卒爵之謂也。

彤弓弨兮，受言櫜之。^{〔一〕}我有嘉賓，中心好之。^{〔二〕}鐘鼓既設，一朝醻之。^{〔三〕}

〔一〕櫜，韜也。
〔二〕好，説也。
〔三〕醻，報也。

《箋》云：飲酒之禮，主人獻賓，賓酢主人，主人又飲而酌賓〔一〕，謂之醻。醻，猶厚也、勸也。

《彤弓》三章，章六句。

──────────
〔一〕 主人又飲而酌賓　"而"，底本誤奪，據諸本補。

菁菁者莪

《菁菁者莪》，樂育材也。君子能長育人材，則天下喜樂之矣。[一]

[一]"樂育材"者，歌樂人君教學國人，秀士、選士、俊士、造士、進士，養之以漸至於官之。

菁菁者莪，在彼中阿。[一] 既見君子，樂且有儀。[二]

[一] 興也。菁菁，盛貌。莪，蘿蒿也。中阿，阿中也。大陵曰阿。君子能長育人材，如阿之長莪菁菁然。
《箋》云：長育之者，既教學之，又不征役也。
[二]《箋》云："既見君子"者，官爵之而得見也。見則心既喜樂，又以禮儀見接。

菁菁者莪，在彼中沚。[一] 既見君子，我心則喜。[二]

[一] 中沚，沚中也。
[二] 喜，樂也。

菁菁者莪，在彼中陵。[一] 既見君子，錫我百朋。[二]

[一] 中陵，陵中也。
[二]《箋》云：古者貨貝，五貝爲朋。賜我百朋，得祿多，言得意也。

汎汎楊舟，載沉載浮。[一] 既見君子，我心則休。[二]

[一] 楊木爲舟，載沉亦沉，載浮亦浮。

《箋》云：舟者，沉物亦載，浮物亦載，喻人君用士，文亦用，武亦用，於人之材無所廢。

[二]《箋》云：休者，休休然。

《菁菁者莪》四章，章四句。

六　月

《六月》，宣王北伐也。《鹿鳴》廢，則和樂缺矣；《四牡》廢，則君臣缺矣；《皇皇者華》廢，則忠信缺矣；《常棣》廢，則兄弟缺矣；《伐木》廢，則朋友缺矣；《天保》廢，則福祿缺矣；《采薇》廢，則征伐缺矣；《出車》廢，則功力缺矣；《杕杜》廢，則師衆缺矣；《魚麗》廢，則法度缺矣；《南陔》廢，則孝友缺矣；《白華》廢，則廉恥缺矣；《華黍》廢，則蓄積缺矣；《由庚》廢，則陰陽失其道理矣；《南有嘉魚》廢，則賢者不安，下不得其所矣；《崇丘》廢，則萬物不遂矣；《南山有臺》廢，則爲國之基隊矣；《由儀》廢，則萬物失其道理矣；《蓼蕭》廢，則恩澤乖矣；《湛露》廢，則萬國離矣；《彤弓》廢，則諸夏衰矣；《菁菁者莪》廢，則無禮儀矣：《小雅》盡廢，則四夷交侵，中國微矣。[一]

[一]《六月》，言周室微而復興，美宣王之北伐也。

六月棲棲，戎車既飭。四牡騤騤，載是常服。[一] 玁狁孔熾，我是用急。[二] 王于出征，以匡王國。[三]

[一]棲棲，簡閱貌。飭，正也。日月爲常。服，戎服也。

《箋》云：記六月者，盛夏出兵，明其急也。戎車，革輅之等也。其等有五。戎車之常服，韋弁服也。

[二]熾，盛也。

《箋》云：此序吉甫之意也〔一〕。北狄來侵甚熾，故王以是急遣我。

［三］《箋》云：于，曰。匡，正也。王曰：今女出征玁狁，以正王國之封畿。

比物四驪，閑之維則。[一]維此六月，既成我服。我服既成，于三十里。[二]王于出征，以佐天子。[三]

［一］物，毛物也。則，法也。言先教戰，然後用師。

［二］師行三十里。

《箋》云：王既成我戎服，將遣之，戒之曰：日行三十里，可以舍息。

［三］出征，以佐其爲天子也。

《箋》云：王曰：今女出征伐，以佐助我天子之事。禦北狄也〔二〕。

四牡脩廣，其大有顒。[一]薄伐玁狁，以奏膚公。[二]有嚴有翼，共武之服。[三]共武之服，以定王國。[四]

［一］脩，長。廣，大也。顒，大貌。

［二］奏，爲。膚，大。公，功也。

［三］嚴，威嚴也。翼，敬也。

《箋》云：服，事也。言今師之群帥，有威嚴者，有恭敬者，而共典是兵事。言文武之人備。

［四］《箋》云：定，安也。

〔一〕 此序吉甫之意也　"吉"，底本誤作"告"，據諸本改。

〔二〕 禦北狄也　"狄"，底本誤作"狹"，據諸本改。

玁狁匪茹，整居焦穫。侵鎬及方，至于涇陽。[一]織文鳥章，白旆央央。[二]元戎十乘，以先啓行。[三]

[一] 焦穫，周地，接于玁狁者。
《箋》云：匪，非。茹，度也。鎬也、方也，皆北方地名。言玁狁之來侵，非其所當度爲也，乃自整齊，而處周之焦穫，來侵至涇水之北。言其大恣也。
[二] 鳥章，錯革鳥爲章也。白旆，繼旐者也。央央，鮮明貌。
《箋》云：織，徽織也。鳥章，鳥隼之文章〔一〕，將帥以下衣皆著焉。
[三] 元，大也。夏后氏曰鉤車，先正也；殷曰寅車，先疾也；周曰元戎，先良也。
《箋》云：鉤，鉤擎，行曲直有正也。寅，進也。二者及元戎，皆可以先前啓突敵陳之前行。其制之同異未聞。

戎車既安，如輊如軒。四牡既佶，既佶且閑。[一]薄伐玁狁，至于大原。[二]文武吉甫，萬邦爲憲。[三]

[一] 輊，摯。佶，正也。
《箋》云：戎車之安，從後視之如摯，從前視之如軒，然後適調也。佶，壯健之貌。
[二] 言逐出之而已。
[三] 吉甫，尹吉甫也，有文有武。憲，法也。
《箋》云：吉甫，此時大將也。

────────
〔一〕 鳥隼之文章 "隼"，底本誤作"準"，據諸本改。

吉甫燕喜，既多受祉。[一]來歸自鎬，我行永久。飲御諸友，
炰鱉膾鯉。[二]侯誰在矣，張仲孝友。[三]

[一] 祉，福也。

《箋》云：吉甫既伐玁狁而歸，天子以燕礼樂之，則歡喜矣，又多
受賞賜也。

[二] 御，進也。

《箋》云：御，侍也。王以吉甫遠從鎬地來，又日月長久。今飲
之酒，使其諸友恩舊者侍之，又加其珍美之饌，所以極勸
之也。

[三] 侯，維也。張仲，賢臣也。善父母爲孝，善兄弟爲友。使文
武之臣征伐，与孝友之臣處内。

《箋》云：張仲，吉甫之友，其性孝友。

《六月》六章，章八句。

采　芑

《采芑》，宣王南征也。

薄言采芑，于彼新田，于此菑畝。[一]方叔涖止，其車三千，師干之試。[二]方叔率止，乘其四騏，四騏翼翼。[三]路車有奭，簟茀魚服，鉤膺鞗革。[四]

[一] 興也。芑，菜也。田一歲曰菑，二歲曰新田，三歲曰畬。宣王能新美天下之士，然後用之。

《箋》云：興者，新美之喻，和治其家，養育其身也。士，軍士也。

[二] 方叔，卿士也，受命而爲將也。涖，臨。師，衆。干，扞。試，用也。

《箋》云：方叔臨視此戎車三千乘，其士卒皆有佐師扞敵之用爾。《司馬法》："兵車一乘，甲士三人，步卒七十二人。"宣王承亂，羨卒盡起。

[三]《箋》云：率者，率此戎車士卒而行也。翼翼，壯健皃。

[四] 奭，赤貌。鉤膺，樊纓也。

《箋》云：茀之言蔽也。車之蔽飾，象席文也。魚服，矢服也。鞗革，轡首垂也。

薄言采芑，于彼新田，于此中鄉。[一]方叔涖止，其車三千，旂旐央央。[二]方叔率止，約軧錯衡，八鸞瑲瑲。[三]服其命服，朱芾斯皇，有瑲葱珩。[四]

南有嘉魚之什詁訓傳第十七　采芑

［一］鄉，所也。

《箋》云：中鄉，美地名。

［二］《箋》云：交龍爲旂，龜蛇爲旐。此言軍衆將帥之車皆備。

［三］軝，長轂之軝也，朱而約之。錯衡，文衡也。瑲瑲，聲也。

［四］朱芾，黃朱芾也。皇，猶煌煌也。瑲，珩聲也。葱，蒼也。
三命葱珩，言周室之強、車服之美也。言其強美，斯劣矣。

《箋》云：命服者，命爲將，受王命之服也。天子之服，韋弁服、
朱衣裳也。

鴥彼飛隼，其飛戾天，亦集爰止。［一］方叔涖止，其車
三千，師干之試。［二］方叔率止，鉦人伐鼓，陳師鞠旅。［三］
顯允方叔，伐鼓淵淵，振旅闐闐。［四］

［一］戾，至也。

《箋》云：隼，急疾之鳥也［一］。飛乃至天，喻士卒勁勇，能深攻入
敵也。爰，於也。亦集於其所止［二］，喻士卒須命乃行也。

［二］《箋》云：三稱此者，重師也。

［三］伐，擊也。鉦以靜之，鼓以動之。鞠，告也。

《箋》云：鉦也、鼓也，各有人焉。言"鉦人伐鼓"，互言爾。
二千五百人爲師，五百人爲旅。此言將戰之日，陳列其師
旅，誓告之也。陳師、告旅，亦互言之。

［四］淵淵，鼓聲也。入曰振旅，復長幼也。

《箋》云：伐鼓淵淵，謂戰時進士衆也。至戰止，將歸，又振旅，

〔一〕急疾之鳥也　"疾"，底本誤作"淚"，據諸本改。
〔二〕亦集於其所止　"集"，底本誤作"隼"，據諸本改。

伐鼓闐闐然。振，猶止也。旅，衆也。《春秋傳》曰："出曰治兵，入曰振旅。其礼一也。"

蠢爾蠻荊，大邦爲讎。[一] 方叔元老，克壯其猶。[二] 方叔率止，執訊獲醜。[三] 戎車嘽嘽，嘽嘽焞焞，如霆如雷。[四] 顯允方叔，征伐玁狁，蠻荊來威。[五]

[一] 蠢，動也。蠻荊，荊州之蠻也。

《箋》云：大邦，列國之大也。

[二] 元，大也。五官之長，出於諸侯，曰天子之老。壯，大。猶，道也。

《箋》云：猶，謀也。謀，兵謀也。

[三]《箋》云：方叔率其士衆，執其可言問、所獲敵人之衆[一]，以還歸也。

[四] 嘽嘽，衆也。焞焞，盛也[二]。

《箋》云：言戎車既衆盛，其威又如雷霆[三]。言雖久在外，无罷勞也。

[五]《箋》云：方叔先与吉甫征伐玁狁，今特往伐蠻荊，皆使來服於宣王之威，美其功之多也。

《采芑》四章，章十二句。

────────

〔一〕執其可言問所獲敵人之衆 "其"，底本誤作"將"，足利本、五山本、阮刻本同，據相臺本、殿本改。

〔二〕盛也 "也"，底本誤作"皃"，據諸本改。

〔三〕其威又如雷霆 "又"，底本誤作"文"，據諸本改。

車　攻

　　《車攻》，宣王復古也。宣王能內修政事，外攘夷狄，復文、武之竟土，修車馬，備器械，復會諸侯於東都，因田獵而選車徒焉。[一]

　　[一]東都，王城也。

我車既攻，我馬既同。[一]四牡龐龐，駕言徂東。[二]

　　[一]攻，堅。同，齊也。宗廟齊豪，尚純也；戎事齊力，尚強也；田獵齊足，尚疾也。
　　[二]龐龐，充實也。東，洛邑也。

田車既好，四牡孔阜。東有甫草，駕言行狩。[一]

　　[一]甫，大也。田者，大艾草以為防，或舍其中，褐纏旃以為門，裘纏質以為樴，間容握，驅而入，擊則不得入。左者之左，右者之右，然後焚而射焉。天子發，然後諸侯發；諸侯發，然後大夫、士發。天子發，抗大綏；諸侯發，抗小綏。獻禽於其下，故戰不出頃，田不出防，不逐奔走，古之道也。
　　《箋》云：甫草者，甫田之草也。鄭有甫田。

之子于苗，選徒囂囂。[一]建旐設旄，搏獸于敖。[二]

〔一〕之子，有司也。夏獵曰苗。嚻嚻，聲也。維數車徒者爲有聲也。
《箋》云：于[一]，曰也。
〔二〕敖，地名。
《箋》云：獸，田獵搏獸也。敖，鄭地，今近滎陽。

駕彼四牡，四牡奕奕。[一]赤芾金舄，會同有繹。[二]

〔一〕言諸侯來會也。
〔二〕諸侯赤芾金舄[二]。舄，達屨也。時見曰會，殷見曰同。繹，陳也。
《箋》云：金舄，黃朱色也。

決拾既佽，弓矢既調。[一]射夫既同，助我舉柴。[二]

〔一〕決，鉤弦也。拾，遂也[三]。佽，利也。
《箋》云：佽，謂手指相次比也。調，謂弓強弱與矢輕重相得。
〔二〕柴，積也。
《箋》云：既同，已射同復將射之位也。雖不中，必助中者舉積禽也。

四黃既駕，兩驂不猗。[一]不失其馳，舍矢如破。[二]

〔一〕言御者之良也。
〔二〕言習於射御法也。

[一] 于 "于"，底本誤作 "子"，據諸本改。
[二] 諸侯赤芾金舄 "芾"，底本誤作 "董"，據諸本改。
[三] 遂也 "遂"，底本誤作 "逐"，據諸本改。

《箋》云：御者之良，得舒疾之中。射者之工，矢發則中，如椎破物也〔一〕。

蕭蕭馬鳴，悠悠旆旌。[一] 徒御不驚，大庖不盈。[二]

[一] 言不讙譁也。

[二] 徒，輦也。御，御馬也。不驚，驚也。不盈，盈也。一曰乾豆，二曰賓客，三曰充君之庖。故自左膘而射之，達于右腢，爲上殺。射右耳本，次之。射左髀，達于右䯗，爲下殺。面傷不獻，踐毛不獻，不成禽不獻。禽雖多，擇取三十焉，其餘以与大夫、士，以習射於澤宮。田雖得禽，射不中，不得取禽。田雖不得禽，射中，則得取禽。古者，以辭讓取，不以勇力取。

《箋》云："不驚，驚也。不盈，盈也。"反其言，美之也。"射右耳本"，射，當爲"達"。三十者，每禽三十也。

之子于征，有聞無聲。[一] 允矣君子，展也大成。[二]

[一] 有善聞，而無誼譁之聲。

《箋》云：晉人伐鄭，陳成子救之，舍於柳舒之上，去穀七里。穀人不知，可謂有聞無聲。

[二] 《箋》云：允，信。展，誠也〔二〕。大成，謂致太平也。

《車攻》八章，章四句。

〔一〕如椎破物也 "椎"，底本誤作"推"，據諸本改。
〔二〕誠也 "誠"，底本誤作"成"，據諸本改。

吉　日

　　《吉日》，美宣王田也。能慎微接下，無不自盡以奉其上焉。

吉日維戊，既伯既禱。[一] 田車既好，四牡孔阜。升彼大阜，從其群醜。[二]

　　[一] 維戊，順類乘牡也。伯，馬祖也。重物慎微，將用馬力，必先爲之禱其祖。禱，禱獲也。
　　《箋》云：戊，剛日也，故乘牡爲順類也。
　　[二]《箋》云：醜，衆也。田而升大阜，從禽獸之群衆也。

吉日庚午，既差我馬。[一] 獸之所同，麀鹿麌麌。[二] 漆沮之從，天子之所。[三]

　　[一] 外事以剛日。差，擇也。
　　[二] 鹿牝曰麀。麌麌，衆多也。
　　《箋》云：同，猶聚也。麕牡曰麌。麌復麌，言多也。
　　[三] 漆沮之水，麀鹿所生也。從漆沮驅禽，而至天子之所。

瞻彼中原，其祁孔有。[一] 儦儦俟俟，或群或友。[二] 悉率左右，以燕天子。[三]

　　[一] 祁，大也。

《箋》云：祁，當作"麎"；麎，麋牝也，中原之野甚有之。

[二] 趨則儦儦，行則俟俟。獸三曰群，二曰友。

[三] 驅禽之左右，以安待天子。

《箋》云：率，循也。悉驅禽，順其左右之宜，以安待王之射也。

既張我弓，既挾我矢。發彼小豝，殪此大兕。[一] 以御賓客，且以酌醴。[二]

[一] 殪，壹發而死。言能中微而制大也。

《箋》云：豕牝曰豝。

[二] 饗醴，天子之飲酒也。

《箋》云："御賓客"者，給賓客之御也。賓客，謂諸侯也。酌醴，酌而飲群臣，以爲俎實也。

《吉日》四章，章六句。

《南有嘉魚之什》十篇，四十六章，二百七十二句。